Twilight-Line Medien GbR
Obertor 4
D-98634 Wasungen

www.twilightline.com

1. Auflage, 2024
ISBN: 978-3-96689-119-6

KINDER DER BOMBE

Generation der Überlebenden

Eve Grass

CHENOA

Prolog

Der große Krieg

Jahr 2025

Russland und Ukraine

Im Jahr 2025 gelingt es ukrainischen Truppen, mit Hilfe internationaler Verbündeter und stetigem Nachschub an modernen Waffensystemen, die von Russland annektierten Gebiete größtenteils zurückzuerobern und Russland eine schmachvolle Niederlage zu erteilen. Als der Kampf um die Krim und die dort stationierten russischen Verbände beginnt, setzen die russischen Befehlshaber erstmals kleine taktische Nuklearwaffen gegen die vorrückenden ukrainischen Truppen ein. Die Folgen sind für die Ukraine verheerend, da nicht nur militärische Einheiten vernichtet wurden, auch die Zivilbevölkerung ist von den direkten Explosionsfolgen und dem radioaktiven Fallout betroffen.

Die internationale Gemeinschaft ist entsetzt über den Nuklearwaffeneinsatz, entscheidet sich aber gegen eine weitere militärische Intervention, um diese Situation nicht weiter eskalieren zu lassen, setzt aber Moskau politisch unter Druck und Zugzwang.

China und Taiwan

Durch die Zurückhaltung der USA und der europäischen Staaten im Ukrainekrieg, sieht sich die chinesische Führung darin bekräftigt, dass die USA schwach seien und besetzt mit einem großen militärischen Aufgebot die Insel Taiwan, begründet diesen Schritt damit, dass die Insel zum Hoheitsgebiet Chinas gehöre. Unter verlustreichen Kämpfen gegen die Verteidiger der Insel gelingt es chinesischen Truppen schließlich, die Oberhand zu gewinnen und die Hauptstadt Taipeh einzunehmen. Alle Mitglieder der taiwanesischen Regierung, die nicht fliehen konnten, wurden festgenommen und wegen Hochverrats angeklagt.

Nordkorea

Auch die Machthaber in Nordkorea sehen in der aktuellen globalen Entwicklung ein Zeichen und überschreiten mit starken Truppenverbänden die Grenze zu Südkorea. Südkorea hingegen ist ein Bündnispartner der USA, die daraufhin eine Flotte aus Flugzeugträgern, Zerstörern und weiteren Kriegsschiffen entsenden, sowie Truppen über den Luftweg zur Verteidigung des Landes. Die vorrückenden nordkoreanischen Truppen können gestoppt und zurückgedrängt werden.

USA

Im Zuge der globalen Krisenherde entsenden die USA ihre Streitkräfte nach Europa, Südkorea und Japan und demonstrieren militärische Stärke und Präsenz vor Ort. Innenpolitisch wird das Land von Unruhen geschüttelt, die zwischen liberalen Demokraten und Hardlinern der Republikaner geschürt werden. Auch auf politischer Seite gewinnen die Hardliner mehr Einfluss.

Nuklearer Schlagabtausch

Am 15. August 2025, um 9.05 Uhr Ortszeit, wird Washington D.C. von einer Atombombenexplosion erschüttert, deren Explosionsort in der Nähe des Kapitols vermutet wird. Diese Explosion erfolgte ohne registrierten Angriff durch eine Rakete oder Bomber, deren Ursprung konnte nicht geklärt werden. Der Präsident und hohe Vertreter der Regierung wurden bei diesem Angriff getötet, Chaos innerhalb der Regierungsstruktur war die Folge.

Um 10.01 Uhr Ortszeit kam die Entscheidung über einen Vergeltungsschlag, der sich gegen Ziele in Russland und China richtete, obwohl beide Seiten beteuerten, nicht der Angreifer zu sein.

Nachdem die ersten Raketen gestartet waren, reagierten sowohl China als auch Russland mit einem Gegenschlag gegen Ziele in den USA und in Europa. Die inzwischen kurzfristig ernannten Machthaber der USA werteten diesen Gegenschlag als Kriegshandlung und begannen ebenfalls mit einem massiven Angriff. Eine Verkettung, die nicht mehr aufhaltbar war.

Erste Atombomben explodierten in großer Höhe und sorgten damit für einen EMP, der nicht abgeschirmte

Elektrik und Elektronik am Boden beschädigte und die Stromnetze zusammenbrechen ließ. Kurz darauf kamen die ersten Explosionen in Städten und militärischen Anlagen.

Nach nicht einmal drei Stunden Kriegszustand waren auf der Nordhalbkugel der Erde fast alle größeren Städte und Militäreinrichtungen zerstört und radioaktiver Fallout verteilte sich auch in Gebieten, die relativ von Explosionen verschont wurden. Ein großer Teil der Weltbevölkerung hörte in diesen Stunden auf zu existieren.

Niemand weiß, wer als Gewinner dieses Schlagabtauschs hervorging, doch der Große Krieg war noch nicht beendet. Sowohl Russland als auch die USA hatten vor den Einschlägen der Raketen ihre Bomber mit Nuklearwaffen starten lassen, die viele Stunden später noch ihre Ziele erreichten und für weitere Vernichtung sorgten.

Am 16. August 2025 verstummten die Explosionen, die noch auf der Südhalbkugel der Erde zu hören waren, auch wenn es südlich des Äquators keine großen Angriffe gab, von einigen Militäreinrichtungen im Pazifik abgesehen. Jeglicher Kontakt mit der nördlichen Hemisphäre war zusammengebrochen. Südamerika, Afrika und Australien blieben als Kontinente von den direkten Kriegsfolgen verschont, während die Nordhalbkugel der Welt noch immer brannte.

Ende des Krieges

Am 1. September 2025 erklärten die noch verbliebenen Weltregierungen, mit denen noch Kontakt bestand, die Kampfhandlungen für beendet. Inzwischen hatte sich der Fallout tausender Nuklearexplosionen überall auf der Welt verteilt, je nach Wetterlage waren einige von den Explosionen verschonte Länder besonders betroffen und wurden stark verstrahlt, während andere nur eine mäßige Strahlenbelastung ertragen mussten. Überall auf der Welt starben Menschen an der Strahlenkrankheit.

Nuklearer Winter

Doch nach dem Ende des Krieges sollte der Alptraum für die Menschen noch kein Ende haben. Allein durch die Belastung mit radioaktiver Strahlung war Landwirtschaft und Viehzucht global kaum noch möglich. Mit den Explosionen wurden Staub und feine Partikel in die obere Atmosphäre geblasen, die sich mit den Winden in hohen Luftschichten global verteilten und somit das Sonnenlicht abdunkelten. Eine jahrelange globale Kältewelle war die Folge, während der nicht nur keine Landwirtschaft betrieben werden konnte, sondern global auch ein Großteil der Pflanzen starben. Eine jahrelange globale Hungersnot war die Folge, an der schließlich ein Großteil der Menschen grauenvoll starb. Kannibalismus war in diesen Jahren keine Seltenheit.

Erst zehn Jahre später begann sich der Himmel aufzuhellen und die Temperaturen stiegen wieder an, erstes Grün begann wieder aus der Asche der alten Welt zu sprießen. Doch von ehemals mehr als 8 Milliarden Menschen waren nur noch wenige übrig, die sich aus den Trümmern der alten Welt erhoben, um sich dieser neuen Zukunft zu stellen.

Jahr 2050

Kinder der Bombe

Hier beginnt diese Geschichte, in einer Welt, in der sich die Protagonisten bewegen und die Stück für Stück aus der Asche der alten Welt entsteht. Kinder, die kurz vor oder nach dem Krieg geboren wurden, aufgewachsen in einer Welt, in der das Chaos des Überlebens regiert, die nun bereit sind, eine neue Welt zu schaffen.

Technologie steht nur noch rudimentär zur Verfügung, bestehend vor allem aus Eigenbaugeräten und Verwertung alter Technologie, da mit dem Krieg das meiste Wissen verloren ging und nur wenige der alten Überlebenden entsprechende Kenntnisse haben.

Eine Welt, in der sich die Menschen mit neuen Gefahren und Bedrohungen konfrontiert sehen – aber auch mit Chancen, die sich daraus ergeben.

Mai 2050

Die verräterischen Laute drangen an ihr trainiertes Ohr, als würden sie aus einem Lautsprecher stammen. Hier, in den vor Kraft und Energie explodierenden Wäldern im Osten, an der ehemaligen Grenze zwischen Tschechien und Deutschland, kannten die wenigen Siedler die übliche Geräuschkulisse in- und auswendig. Das Jaulen der Wölfe, das Keckern der unzähligen Elstern, das Pfeifen der Milane und Habichte, die über dem dichten Urwald ihre Kreise zogen. Als sich der atomare Winter mit den lebensfeindlichen Temperaturen langsam zurückzog, schienen die wenigen überlebenden Tiere aus ihren steinernen Behausungen zu kriechen und das Leben zu feiern. Innerhalb von wenigen Jahren hatten sich die Urwaldgebiete sogar mit Gattungen gefüllt, die vor dem Krieg beinahe ausgestorben waren.

Chenoa hielt inne und lauschte. Fremde – eindeutig – wieder einmal. Erst vor einem Jahr waren Überlebende aus den Ruinen von Pilsen in den Wald gepilgert, auf der Suche nach besserer Nahrung. Von der kleinen Städtergruppe war nur noch einer da, Mausezahn, ein etwa fünfzehnjähriger Junge, den Chenoa und ihre Gruppe akzeptierten. Er sprach Tschechisch und Deutsch, ein immenser Vorteil, wenn man die Gebiete nordöstlich der Donau, die nur noch der große Fluss hieß, besiedelte. Derzeit waren sie zu neunt und teilten sich alle Aufgaben. Die Anzahl der Siedler konnte sich in diesen Zeiten verdammt schnell ändern und eine große Gemeinschaft bedeutete automatisch mehr Meinungsverschiedenheiten und Probleme. Das wollte die vierundzwanzigjährige Chenoa als inoffizielle Gruppenführerin unbedingt vermeiden.

Nicht weit von ihr entfernt knackten trockene Zweige unter der Last von Beinen. Der oder die Fremden gaben sich keine sonderliche Mühe lautlos durchs Dickicht zu streichen. Demnach stammten sie nicht aus der Gegend. Vermutlich handelte es sich um Städter, Nachfahren der gebeutelten Generation, die die Katastrophe der Menschheit, den dritten Weltkrieg mit tausender radioaktiver Explosionen in den wenigen Bunkern oder Kellern überlebt hatten. In ehemaligen Städten, wie Regensburg, Passau oder Deggendorf hatte die Handvoll Überlebender nichtverderbliche Nahrungsvorräte gefunden. Deswegen fehlte den Städtern auch eine gehörige Portion Vorsicht, wenn sie sich auf die gefährliche Reise in den Urwald machten, um Frischfleisch zu ergattern. Inzwischen stand der Mensch in der Nahrungskette nicht mehr ganz oben. Und diejenigen, die die Kettenreaktion miterlebt hatten, als die Machthaber ihre Finger auf den roten Knopf legten, wollten sowieso nicht einsehen, dass die Befehlsgewalt gegenüber Mutter Natur schon lange verloren war. Sämtliche menschliche Ideologien waren dahin. Seit nunmehr fünfundzwanzig Jahren gehörten elektrischer Strom, fließendes Wasser, beheizte Wohnungen, Online-Lieferdienste, Fressbuden und sonstige Annehmlichkeiten den nicht existenten Geschichtsbüchern an. Der Planet reichte dem Homo sapiens gerade den kleinen Finger. Dessen ganze Hand würde er nicht mehr so schnell zu fassen kriegen.

Die Zweige einer jungen Eibe bogen sich zur Seite. Chenoa ging hinter dichten Sträuchern in die Hocke, spannte ihren Körper an und tastete nach dem

Jagdmesser, das sie seit Verlassen des Bunkers, in dem sie aufgewachsen war, bei sich trug. Das Messer war alt, extrem scharf und hatte ihrem längst verstorbenen Vater gehört. Ein seltsames Schnauben mischte sich in das Geräusch der Tritte und dann schob sich die Nase eines Einhufers durch das Dickicht. Zumindest nahm Chenoa an, dass es sich bei dem großen Tier um eine Art Pferd handelte. Mit eigenen Augen hatte sie ein derartiges Tier noch nie gesehen. Sie kannte es nur von den Bildern aus einem der zahlreichen Bücher, die sie im Lauf ihres Lebens überwiegend aus Ruinen gerettet hatte und die sie wie einen Goldschatz hütete. Aber das Huftier, das sich behäbig durch das Unterholz schob, wirkte gedrungen, nicht zu vergleichen mit den edlen Rössern, die vor dem Krieg überwiegend zur Freude der Menschen gezüchtet wurden. Sein Fell war braun – besser gesagt wildfarben – der massive Schädel saß auf einem sehr kurzen, muskulösen Hals. Über seinen Rücken zog sich ein schmaler dunkler Streifen, der im gleichfarbigen Schweif endete. Chenoa war davon ausgegangen, dass domestizierte Haustiere, wie Schweine, Kühe und Pferde vollständig ausgestorben waren. Aber augenscheinlich hatte eine wilde Variante überlebt. Ihr Magen kribbelte, am liebsten wäre sie aufgesprungen und hätte den seltsamen Mann darauf sofort mit Fragen bombardiert. Sie wusste, wie gefährlich das Zusammentreffen mit fremden Zweibeinern enden konnte.

Auf dem Rücken des vierbeinigen Wesens saß doch tatsächlich ein junger Mann. Er trug die typische Kleidung von Städtern: Überbleibsel aus den Klamottenbergen, die vor dem Krieg in riesigen Lagern auf Käufer gewartet hatten. In der Nähe der ehemaligen Stadt

Deggendorf, die nicht unmittelbar von Bombenein-
schlägen betroffen war, standen noch heute die Über-
reste einer Halle, die bis unters Dach mit menschlicher
Kleidung aller Formen und Farben gefüllt war – ein
Selbstbedienungsladen für Überlebende, die das Wort
Mode noch nie im Leben gehört hatten. Der dürre bär-
tige Typ, eingehüllt in einen fleckigen, grellbunten Mantel mit Sternchen darauf, hatte sie noch nicht bemerkt.
Aus seiner Nase floss Sekret und er hustete ungeniert,
als wäre er allein im Wald. Plötzlich stoppte das Reittier
und schnaubte. Die Augen im Tierschädel öffneten sich
auf maximale Größe. Es hatte Chenoa entdeckt. Das
improvisierte Zaumzeug, bestehend aus zusammenge-
flochtenen Kabeln, straffte sich um sein Maul.

»Weiter, du trotteliger Esel. Auf die Art und Weise
kommen wir nicht voran«, motzte der augenscheinlich
kranke Typ.

Die vierundzwanzigjährige blonde Frau mit Namen
Chenoa, die bereits seit zwei Jahren hier in den Wäldern lebte, gab ihre Deckung auf. Der Städter schien
ungefährlich zu sein. Ihr geübter Blick hätte eine
selbstgebastelte Waffe in dem verschlissenen Rucksack, den er auf dem Rücken trug, sofort erkannt. Sie
sprang auf und breitete die Arme vor dem Reittier aus.
Augenblicklich stoppte es und legte unsanft den Rück-
wärtsgang ein. Der dürre Typ rutschte seitlich herunter
und landete im Moos. Sein Rucksack klirrte leise. Vielleicht hatte er Glasflaschen im Gepäck? Das wäre ein
unbezahlbarer Schatz. Ein Hustenanfall schüttelte die
Brust des Unbekannten. Er hob den Blick und stammelte in gut verständlichem Deutsch: »Tu mir nichts.
Ich komme in Frieden.«

»Dann verrate mir mal als Erstes, was du hier in der Gegend suchst, Städter«, zischte sie dem Fremden entgegen. Chenoa hatte im Lauf ihres jungen Lebens schnell gelernt, dass verbale Stärke oftmals handgreifliche Konflikte verhindern konnte. Seit sich der atomare Winter vor rund zehn Jahren so weit zurückgezogen hatte, dass die Überlebenden ihre Notbehausungen unter der Erde wieder verlassen konnten, kam es bei Begegnungen oftmals zu schweren Auseinandersetzungen. Selbst Kannibalismus war keine Seltenheit. Fleisch war ein rares Produkt. Und der Städter, der gerade wie ein Häuflein Elend vor ihr im Moos saß, hatte vermutlich echte Glasflaschen im Gepäck. In Glasflaschen konnte man Wasser transportieren, Kräutersude zur Heilung Kranker ansetzen, und sie ließen sich reinigen. Hitzebeständig waren sie obendrein, wenn man sie fachgerecht behandelte. Die wenigen Plastikbehälter, die noch existierten, enthielten viel zu viele Keime, die für manch einen der Siedler schon den sicheren Tod gebracht hatten.

Der dürre Reiter wischte mit dem schmutzstarrenden Handrücken über die triefende Nase und hinterließ dabei einen dunklen Streifen im Gesicht. »Ich bin auf der Suche nach neuen Nahrungsquellen, bin weit gereist auf dem Esel hier.«

Chenoa trat näher. Sie überlegte kurz, dann streckte sie dem Mann eine Hand entgegen. Der ergriff sie sofort und ließ sich nach oben ziehen. Sie bemerkte, dass er das Messer, das an einem Stoffstreifen an Chenoas Hüfte baumelte, anstarrte. Das war gut so. »Du reitest keinen Esel, Städter«, belehrte sie selbstbewusst. »Ich habe Bilder gesehen von Eseln und das Vieh, das du da mitgebracht hast, gleicht eher einem Pferd. Allerdings dachte ich, die sind ausgestorben.«

Die blonde Waldbewohnerin bückte sich, riss ein handtellergroßes Blatt ab und reichte es dem Fremden. Ganz in der Nähe gurgelte ein Bach dahin. Die Blätter des Huflattichs – Chenoa hatte den Namen des Gewächses über ein altes Botanikbuch herausgefunden, welches sie in den Ruinen des Dorfes unweit ihres Standortes gefunden hatte – eigneten sich hervorragend zum Beseitigen sämtlicher menschlicher Ausscheidungen. Sie wuchsen in großer Anzahl nahe an Wasserstellen. Dankbar ergriff der Junge das Blatt und putzte sich geräuschvoll die Nase. *Gut, dass noch einige Stunden vergehen, bis die Sonne untergeht*, dachte Chenoa. *Denn dann beginnt die Zeit der großen Jäger, und die würden den mageren unbewaffneten Zweibeiner sicherlich nicht verschmähen.*

»Das haben wir uns auch gedacht«, antwortete der Städter. »Letztes Jahr im Sommer kamen ein paar von den Biestern an unsere Siedlung in der Nähe des großen Flusses heran. Ein paar von uns haben sie mit Mohrrüben angefüttert. Kennst du Mohrrüben?«

Chenoa schüttelte ihre blonde, wilde Mähne. Blätter aus den Sträuchern, unter denen sie sich versteckt hatte, rieselten herab. »Nur von Bildern. Sag bloß, ihr habt tatsächlich Essbares angepflanzt? Wo habt ihr denn das Zeugs her?«

Der Städter grinste und zerknüllte das Huflattichblatt in seiner dreckigen Hand. »Früher gab es im Süden mal ein riesiges Gemüseanbaugebiet. Wir hatten zwei Kriegsüberlebende in unserer Gruppe. Die wussten, dass in der Nähe größere Mengen an Samen lagerten. Es war nicht viel, was wir fanden, aber wir haben das Zeugs einfach in die Erde gesteckt und heraus kamen die orangefarbenen Wurzeln. Unsere Alten wussten, dass die länglichen Dinger Mohrrüben heißen. Sie haben das vertrocknete Kraut gleich wieder in Stoffsäckchen gestopft und abgeklopft, um Samen zu gewinnen.« Er zog ungeniert Rotz nach oben. »Ist wie ein Wunder, die Dinger vermehren sich wirklich gut. Manchmal sind die Alten, also die, die vor den Bomben schon gelebt haben, echt nützlich. Aber du wolltest ja wissen, wie wir an den Esel oder wie das Vieh heißt geraten sind.« Schüchtern bückte er sich und riss ein weiteres Huflattichblatt ab, mit dem er sofort wie wild über die gerötete Nase fuhr. »Im Winter kamen die Huftiere zurück, vermutlich aus Hunger. Und einer unserer Veteranen hatte dann die Idee, so eine Art Geschirr zu basteln und die Vierbeiner zu zähmen. Leider starb er dabei. Eines der Viecher hat ihn mit den Hinterläufen oder wie man das nennt, erschlagen. Daraufhin haben wir es auch gekillt und aufgegessen. Die anderen Eseltiere leben in unserer kleinen Gemeinschaft, fressen Mohrrüben und Gras und wir können sogar auf ihnen reiten.« Er lachte rau und rasselnd. Es klang ungesund. »Hast ja gesehen, ich kam auf dem Rücken von dem Zahmen bis hierher.«

Chenoa schüttelte leicht den Kopf und starrte den Städter an. Er versprühte einen üblen Geruch, der nicht nur von ungewaschener Haut stammte. Sie kannte den Geruch gut. Der Junge hier würde nicht mehr lange leben, wenn sie ihm nicht half. Sie wäre dazu in der Lage. In der Waldsiedlung, in der sie mit acht Mitbewohnern hauste, gab es pflanzliche Medizin, die sie selbst gebraut hatte. Aber noch galt es abzuwägen, ob es nicht doch besser wäre, den Eindringling einfach zu verjagen, ohne das wertvolle Reittier natürlich.

»Das sind keine Esel. Ich vermute, das ist ein überlebendes Urpferdchen. Möglicherweise haben ein paar in der Graslandschaft östlich von hier überlebt. Soviel ich weiß, hat es in der Mulde rund um die Ruinen von Klatovy nur geringen Fallout gegeben und wenn die Viecher in der Lage waren, Schnee zu fressen, sind sie schon mal nicht verdurstet. Und jetzt, wo die Natur sich wieder einkriegt, vermehren sie sich kräftig.« Beinahe liebevoll streifte ihr Blick den gedrungenen Pferdekopf, dessen Nüstern tief in das Mattengras am Boden eintauchte. Dort, wo der dichte Wald die Sonnenstrahlen durchließ, sprossen die harten, leuchtend grünen Halme überall. Chenoa grinste. »Und so ein Urpferd hat keine Hinterläufe, sondern Hinterhufe. Die können einen Menschen locker erschlagen. Also Vorsicht, Städter, das sind Wildtiere. Aber … zurück zum Wesentlichen. Wie heißt du, woher kommst du und vor allen Dingen, was willst du hier?«

Der kranke Bursche zuckte mit den Schultern. »Hab ich doch schon gesagt«, murrte er. »Ich suche nach neuen Nahrungsquellen für unsere Gruppe. Auf die Dauer werden wir von dem Wurzelzeugs nicht satt.« Nachdem er Chenoas drängenden, leicht drohenden Blick bemerkte, setzte er hastig hinzu: »Man nennt mich Baba, weil ich als Baby nur dieses eine Wort gesprochen hab. Und ich lebe in einer Gruppe drunten am Fluss. Dort gibt es Fische. Allerdings haben wir unter uns nur zwei Personen, die das voll draufhaben, das Fische fangen.« Er hustete laut. »Ich kann es auch, aber nicht so perfekt. Deswegen wollt ich mich nützlich machen und in den Wald ziehen. Vielleicht kann man hier ja Fleisch ...«

»Vergiss es!«, zischte ihm Chenoa entgegen und schnitt ihm eiskalt das Wort ab. »Du mageres Bürschchen bist nicht in der Lage, hier in den Wäldern zu jagen. Außerdem ziehst du dann sofort die Aufmerksamkeit der großen Beutegreifer auf dich. Und die machen dir schneller den Garaus, als du dich umdrehen kannst. Außerdem bist du krank, Baba, das weißt du hoffentlich. Wenn du nichts gegen deine offensichtliche Lungenentzündung tust, brauchst du bald gar nichts mehr zwischen den Zähnen.«

Kurz huschte Babas Blick erneut zum Jagdmesser, das die Blonde bei sich trug. So etwas wie Angst flackerte in seinen fiebrigen, rehbraunen Augen. »Es war nur ne Frage, Waldlerin, alles gut. Und bitte beschmeiß mich nicht mit Worten, die ich nicht verstehe. Ich bin nur ein einfacher Kerl von der Gruppe der Flusssiedler. Von Beutelgreifern hab ich noch nie etwas gehört«, verteidigte er sich.

»Beutegreifer, Baba. Ich habe von großen Beutegreifern gesprochen.« Mitleid regte sich in Chenoa. Der magere Städter verfügte, wie viele seiner Generation, über wenig Wissen. Aber Wissen bedeutete in diesen Zeiten insbesondere eines: Überleben.

»Die fleischfressenden Viecher hat es schon vor dem Krieg gegeben, Baba. Die meisten sind im atomaren Winter krepiert, aber eben nicht alle. Jetzt, wo die Temperaturen wieder nach oben klettern, vermehren sie sich, und zwar explosionsartig. Hier in den Urwäldern leben große Rudel von Wölfen, aber auch Luchse und Wildkatzen. Auch Braunbären haben meine Leute schon gesichtet.«

Baba beobachtete sie zweifelnd aus fieberglänzenden Augen. Es war ihm anzusehen, dass er noch nie davon gehört hatte. Drunten im Flachland, nahe des großen Flusses, gab es dieses Problem nicht. Bis auf ein paar Wildpferde, die die Mohrrüben der Siedler fraßen, gab es keine allzu gefährlichen Tiere. Hier oben, im Schutz der dichten, unendlich wirkenden Wälder, sah das ganz anders aus. Seufzend klärte sie den mageren Jungen auf. »Wölfe sind besonders gefährlich. Wenn der Abend naht, kann man ihren schauerlichen Gesang hören. In einem meiner Bücher habe ich gelesen, dass Wölfe den Menschen niemals angreifen werden, weil sie scheu sind. Das hat allerdings irgendein schlauer Fachmann geschrieben, bevor die ersten Bomben fielen.« Chenoa seufzte. Etwas leiser setzte sie fort: »Glaub mir, die Biester haben sich ziemlich verändert. Sie scheinen zu wissen, dass wir Menschen in der Minderzahl sind. Sie jagen im Rudel, sind geschickte Räuber. Es gibt immer einen Kundschafter. Wenn der Beute entdeckt hat, ruft er die Kameraden. Dann gibt es kein Entkommen mehr.« Chenoa senkte ihren Arm und hielt die Handfläche etwa achtzig Zentimeter über den Boden. »Sie sind riesig, meist haben sie graues Fell. Aber es gibt auch braune und schwarze Exemplare. Sie nähern sich von allen Seiten. Einer der Wölfe schnappt nach deinen Beinen, bis du zu Boden gehst, und dann fallen mindestens sechs weitere über dich her.«

Babas Lippen zitterten nach dieser Erzählung. Man konnte ihm ansehen, wie ihm schlagartig bewusst wurde, in welch immense Gefahr er sich leichtfertig begeben hatte. »Wo... woher weißt du das so genau?«, fragte er stammelnd.

Chenoa zögerte. Eigentlich wollte sie nicht an den grausamen Moment erinnert werden. Aber was hätte sie davon, die Tatsachen vor diesem ungebildeten Städter zu verbergen? Er war auf der Suche nach Frischfleisch – wie naiv – und möglicherweise wartete seine ganze Sippe drunten am Fluss, dass er üppige Jagdgründe entdeckte. Kurz fuhr ihr Blick über das gedrungene Pferdchen, das ungeniert an den Mattengrashalmen knabberte. Auch das Huftier würde ohne Schutz nicht mehr lange leben. Dann erzählte sie Baba, was geschehen war. »Ihr Name war Chepi, das ist indianisch und bedeutet Geist. Denn sie konnte sich lautlos bewegen, streifte beinahe unsichtbar durch den Wald. Chepi sammelte die Pilze für unsere Gemeinschaft. Sie kannte sich mit den Gewächsen aus wie kein zweites Gruppenmitglied. Und sie respektierte die Waldbewohner, zeigte niemals Angst vor ihnen. Kurz vor ihrem Tod prophezeite sie mir noch, dass sie eines Tages eine Wildkatze zähmen wird. Sie war wie eine Schwester für mich. Dann, eines Abends im späten Sommer letztes Jahr, fiel ihr ein, dass der Vorrat an Schwarzbeeren zu Ende ging. Die Beeren benötigen wir gegen Darmerkrankungen. Ich warnte sie, aber Chepi winkte nur ab und zog los. Ich folgte ihr in einigem Abstand.« Nun liefen Chenoas Augen über. Dicke Tränen kullerten über ihre Wangen. Kurz räusperte sie sich. »Es war ein großer Grauer, der knurrend aus dem Dickicht brach und sich ihr geduckt näherte. Chepi hat ihn sogar angesprochen, hat gelächelt dabei. Dann griff er sie blitzschnell an, Chepi ging zu Boden und … und sie kamen aus allen Richtungen. Sie … sie haben sie regelrecht zerfetzt. Wir besitzen in der Siedlung zwar Bögen und Pfeile für die Jagd, aber so schnell hätte ich das Rudel gar nicht erledigen können, ohne selbst draufzugehen. Ich hab die Flucht ergriffen.« Chenoa presste kurz und heftig die Augen zusammen, als wolle sie die furchtbare Erinnerung verdrängen, dann sagte sie entschlossen: »Genug jetzt, komm mit mir in die Siedlung, Baba. Hier wird es zu gefährlich, auch für dein Reittier. Und dann müssen wir was gegen deine Krankheit tun. Sonst stirbst du auch ohne die Wölfe.«

***

Wenig später machte sich das seltsame Trio auf den Weg zum Lager der Waldler, wie derartige Siedler von den Menschen aus dem Flachland tituliert wurden. Der kranke Bursche namens Baba, dem sein müdes Reittier mit dem Zaumzeug aus alten Kabeln brav gefolgt war, staunte nicht schlecht, als er die Siedlung zum ersten Mal erblickte. Ein gut begehbarer Pfad führte bald leicht bergab und mündete in ein kleines, relativ ebenes Plateau. Es war abgezäunt mit furchteinflößenden Holzpfählen und rostigem Stacheldraht. Ein breites Tor aus Holz, auch bewehrt mit angespitzten Holzpfählen, schützte das Innere. Chenoa öffnete das Tor, dessen Angeln ebenfalls aus ehemaligen Kabeln bestand und ließ den Fremden samt seinem Reittier eintreten. Fünf Hütten, in einem Halbkreis errichtet, entdeckte Baba. Deren Sockel bestanden aus Bruchsteinen von Ruinen. Die Wände und Dächer waren überwiegend aus Rundhölzern und Stoffplanen gearbeitet. Letztere stammten eindeutig aus Zeiten vor dem Krieg. Die Behausungen hatten keine Fenster, nur mannshohe Eingänge, vor denen ebenfalls Planen hingen, die aber mittels Kabel zurückgebunden waren, um

Tageslicht einzulassen. Aus der Mitte der stabil wirkenden Dächer kringelte sich bei drei der Behausungen Rauch. Den Mittelpunkt der Siedlung bildete ein mächtiger Steinkreis mit einem Dreifuß aus Stahlstangen, an dem ein überdimensionaler Kochtopf an abgeschälten Kupferkabeln baumelte. Um die Feuerstelle herum lagen in Stücke geschnittene Baumstämme, die als Sitzgelegenheiten dienten. Ein etwa fünfzehnjähriger Junge saß darauf, ebenso zwei Frauen, deren Alter Baba nicht einschätzen konnte. Sie weideten mehrere Kaninchen mit Messern aus. Als sie das gedrungene Urpferd erblickten, ließen sie ihre Werkzeuge fallen und flüchteten in die umliegenden Hütten. Chenoa ergriff sofort die Initiative. Sie formte einen Trichter mit den Händen und rief den Siedlern zu: »Keine Gefahr, kommt wieder raus. Ich bring euch einen Städter mit. Er hat wichtige Informationen, von denen wir profitieren. Und das Vieh, das er mit sich führt, ist ein Pflanzenfresser. Es wird euch nichts tun.«

Baba wirkte verwirrt. Welche Neuigkeiten könnte er hier in dieser hochentwickelten Waldsiedlung schon verbreiten? Er kam sich gerade vor, wie ein völlig unreifer Jugendlicher. Das, was die Waldler hier erschaffen hatten, beeindruckte ihn sehr. Die Siedlergruppe, aus der er entstammte, hauste in den Kellern von Ruinen, die nahe des großen Flusses zu Hunderten existierten. Es gab keine Zäune, keine Tore und keine Feuerstelle, an der man sich zum Reden traf. Kurz streiften seine Augen gierig die toten Kaninchen, die auf dem Boden lagen – in seiner Heimat gab es wenig fleischliche Nahrung. Chenoa bemerkte sofort seine Gedanken. Sie könnten für die Gruppe zur Gefahr werden.

»Befreie dein Reittier mal von den Kabeln, die du ihm ums Maul geschnürt hast«, befahl sie ihm reichlich barsch, um ihm sofort klarzumachen, wer hier das Sagen hatte. »Es kann hier gern das Gras abweiden und den Boden düngen. Wir beide setzen uns jetzt. Dann erzählst du uns nochmal in allen Einzelheiten, wie das mit dem Anbau dieser orangeroten Wurzeln funktioniert und wie man Fische in einem Fluss fängt.« Sie zauberte ein Lächeln auf ihre Züge, um die Situation wieder etwas zu entspannen. »Und dann kriegst du auch was gegen deinen Husten und leckeres Essen zwischen die Zähne, versprochen.«

Mausezahn, der Fünfzehnjährige, der zwei Sprachen sprechen konnte, wagte sich als erster aus der Hütte. In seinen Augen glomm Misstrauen und Angst, insbesondere dem großen, muskulösen Tier gegenüber, welches sich gierig das saftige Gras, das an den Rändern nahe des Zauns wuchs, schmecken ließ. Bald hatte das Urpferd auch den Bach bemerkt, der durch einfache Holzgitter geschützt, die Siedlung hinter den Hütten durchquerte. Gierig begann es zu saufen. Als Mausezahn die Anführerin entdeckte, die sich gerade mit dem Fremden auf einen Baumstumpf setzte, huschte er zu den toten Kaninchen, packte diese entschlossen an den Löffeln und brachte sie zu einem höhlenartigen Bau, der in die Erde gegraben war. Das Dach, das sich über das Gebäude wölbte, wirkte ein klein wenig wie ein Bunker aus Kriegszeiten. Allerdings bestand es, wie fast alles innerhalb der Siedlung, aus Holz. Kurz darauf kehrte er mit leeren Händen zurück und setzte sich schüchtern zu Chenoa und den Städter, nicht ohne das riesenhafte Vieh aus den Augenwinkeln zu lassen, das am Bach stand und gar nicht aufhören wollte zu saufen.

Chenoa begann das Gespräch.

»Mausezahn, das ist Baba. Er kam mit einem Reittier vom großen Fluss hierher. Dort siedeln Städter in Ruinen, die sich von Fisch ernähren. Aber sie haben auch begonnen Wurzeln anzupflanzen, die essbar sind. Man nennt die Wurzeln Mohrrüben. Das sollten wir hier auch probieren. Außerdem kann er uns das Fischen lehren. Drunten im Tal, bei den Dorfruinen, gibt es auch einen Fluss, den Regen, der auch durch die beiden verlassenen Kleinstädte im Südwesten fließt. Vielleicht kann Baba uns zeigen, wie wir dort die Fische erwischen. Denn die sind verdammt flink.«

Schüchtern nickte Mausezahn, vermied es aber immer noch, dem Fremden ins Gesicht zu sehen. In diesem Moment gesellten sich weitere Gruppenmitglieder der Waldler hinzu. Es handelte sich um zwei gleichaltrige Frauen. Sie glichen sich sehr und trugen beide graues, langes Haar. Ihr Alter war für den Fremden schwer einzuschätzen, aber ihn hätte es nicht gewundert, wenn es sich auch um Vorkriegsveteranen handelte.

»Anuk und Bena, schön, dass ihr euch zu uns gesellt. Das hier ist Baba, ein Städter, er kam mit einem Reittier zu uns. Ich habe entschieden, dass er bei uns bleibt«, verkündete Chenoa mit fester Stimme.

Während die zwei Frauen zustimmend nickten, fuhr Baba zur Anführerin herum. Jetzt glitzerten seine fiebrigen Augen angriffslustig.

»He«, lamentierte er. »Was heißt hier, du hast entschieden?« Dreimal hintereinander hustete er heftig, dann erhob er sich vom Holz. »Ich bleibe nicht hier. Die

Leute drunten am Fluss werden mich irgendwann vermissen. Ich weiß nicht viel, aber trotzdem bin ich geschickt und helfe der Gemeinschaft. Ich habe dir doch gesagt, dass ich auf der Suche nach neuen Nahrungsquellen bin.«

Chenoa griff blitzschnell zu. Sie packte den dürren Jungen am Oberarm und zerrte ihn zurück auf den Holzblock. »Du weißt wirklich nicht viel, Baba. Denn du würdest den Heimweg durch den Wald bis zum großen Fluss niemals überleben in deinem Zustand. Es ist eh schon ein Wunder, dass du es hierhergeschafft hast.« Ihr Blick streifte den Rucksack, den Baba neben sich gestellt hatte. »Hast du Vorräte dabei?«

Baba nickte, dann öffnete er das schrillbunte Vorkriegsteil, das aus denselben Beständen wie auch seine wärmenden Klamotten stammte. Er zog zwei grüngefärbte Glasflaschen hervor. Sie waren mit Wasser gefüllt. Erneut griff er in den Beutel und beförderte ein Stoffpäckchen ans Tageslicht. Er öffnete den weißen Stoff und hielt den Inhalt Chenoa unter die Nase. Ein penetranter Geruch nach Fisch durchzog die Luft rund um die kalte Feuerstelle. Anuk, Bena und auch Mausezahn schlugen die Hand vors Gesicht.

»Trockenfisch, mit einem weißen Pulver eingerieben, dass er haltbar bleibt. Unser Alter, der die Zeiten vor dem Krieg noch erlebt hat, riet mir, niemals zu verraten, was das für ein Pulver ist. Er sagte, man würde uns sofort überfallen, wenn fremde Gruppen wüssten, dass wir es besitzen.« Wieder hustete er, dann setzte er leise hinzu: »Wenn ich ehrlich bin, viel haben wir davon sowieso nicht mehr. Der Veteran hat es in einem ehemaligen Bauernhof gefunden. Dort lagerte das Zeugs im Keller.«

Chenoa pfiff anerkennend durch die Zähne. »Salz«, sagte sie. »Ihr habt Salz gefunden. Was für ein Schatz.« Sie deutete auf die gefüllten Glasflaschen. »Aber auch die beiden Behälter sind sehr wertvoll, Baba. Pass nur auf, dass sie nicht zerbersten. Glas ist ein Material, das sehr schnell kaputtgeht.« Kurz überlegte Chenoa. »Deine Leute werden vorab ein Lebenszeichen von dir erhalten. Du musst erst gesund werden, vorher wärst du leichte Beute für die Wölfe. Wenn du wieder fit bist, kannst du gern zurückkehren an den großen Fluss, sofern du dann noch willst.« Dann lächelte sie den kranken Burschen an, stand auf und winkte ihn zu sich. »Und jetzt komm, ich zeige dir, welche Vorräte bei uns lagern.«

Baba betrat mit der Anführerin der Waldgruppe das höhlenartige Gebilde. Eine Art Rampe, befestigt mit Kieselsteinen aus einem Bach oder Fluss, führte nach unten. Aufrecht konnte man nicht gehen. Und das Licht reichte nicht, um viel zu erkennen. Trotzdem öffnete sich Babas Mund in grenzenlosem Erstaunen. Es war kühl dort unten. Einfache Holzregale, aus Rundhölzern und Draht gefertigt, waren prallvoll gefüllt mit Glasflaschen aller Formen und Farben, mit Kochtöpfen aus Alu und Stahl, mit Körben aus Mattengras. In den Behältern lagerten seltsame Dinge, die Baba noch nie in seinem Leben gesehen hatte. Blüten, Wurzeln, Beeren und Pilze, alles getrocknet und lieblich duftend. Die toten Kaninchen baumelten an Kabelschlingen, die an den Regalen befestigt waren. Werkzeuge jeglicher Art hingen an den Wänden. Sägen, Hämmer, Zangen aus Vorkriegsbeständen, gut erhalten und gepflegt, glänzten im Zwielicht. Vor lauter Erstaunen hatte Baba gar nicht mitbekommen, dass Chenoa hinter ihm mit zwei

Steinen Funken schlug und ein fettgetränktes Holz-stück entzündete. Der unterirdische Raum erhellte sich. Das flackernde Licht leckte über die Vorräte und beleuchtete auch die Rückwand der höhlenartigen Kammer, die aus Fels bestand. Ein schmaler Durch-gang war darin zu erkennen. »Das ist unser Notaus-gang, Baba. Du solltest das wissen, wenn du eine Zeit bei uns verbringen willst. Dieser Vorratskeller ist an eine Höhle angebaut, die durch Fels hindurch wieder ins Freie führt. Aber benutze ihn bitte nur im absoluten Notfall und erzähle niemals einem Fremden davon, der nicht in unsere Gemeinschaft aufgenommen wurde.«

Baba nickte ehrfurchtsvoll. Diese Waldler schienen sehr geschickt zu sein, insbesondere Chenoa. Sie besaß umfangreiches Wissen. Kein Vergleich zu den Siedlern in den Ruinenstädten, die noch immer überwiegend auf der Jagd nach Vorräten waren, die aus den Vorkriegs-zeiten stammten. Doch je mehr die Zeit fortschritt, desto geringer wurde die Ausbeute. Klamotten gab es noch immer im Überfluss, so reichlich, dass Baba sich oft fragte, wie viele Menschen eigentlich auf diesem Pla-neten gelebt haben. Es müssen mehrere Milliarden ge-wesen sein. Aber Essbares, das fünfundzwanzig Jahre samt einem brutalen atomaren Winter überdauert hat, war so gut wie aufgebraucht. Hin und wieder fanden die Mutigsten seiner Überlebensgemeinschaft noch Pa-ckungen in verschütteten Kellern, deren Inhalt der Ve-teran als Nudeln bezeichnete. Man konnte das Zeug in Wasser kochen und mit einer Prise des weißen, wert-vollen Pulvers versetzen. Aber dafür wanderten aben-teuerlustige Männer und Frauen weite Strecken und manche kamen nie mehr zurück. Die Waldler hingegen wirkten auf ihn unabhängiger und schlauer. Wäre es besser gewesen, dem Veteran daheim zuzuhören? Der wusste viel vom Leben, hatte ihm sogar von den Zeiten vor dem Krieg erzählt. Auf Baba wirkten die Geschichten skurril. Manchmal hatte er davon geträumt, wie es wäre, in einen kleinen, geisterhaften Apparat zu plaudern und wenig später eine duftende Mahlzeit zu verzehren, die Menschen in einem Automobil zu seinem eigenen Haus lieferten. Was für eine utopische Vorstellung. Automobile, die gab es noch immer. Hässliche, verrostete Hügel mitten in Büschen und Sträuchern, die den aufgebrochenen Asphalt überwucherten. Aber sie fuhren nirgendwo mehr hin. Die Menschen vor dem Krieg hatten in einem Paradies gelebt. Warum sie es mit todbringenden Waffen zerstört haben, würde Baba und viele anderer seiner Generation vermutlich nie begreifen. Aber das wollte er inzwischen auch nicht mehr. Er würde sich hier bei den Waldlern auskurieren und freute sich jetzt erst einmal auf eine reichhaltige Mahlzeit nach sieben Tagen Trockenfisch aus seinen Vorräten.

***

Es war dunkel geworden über den vorsommerlichen Wäldern im ehemaligen Südosten von Deutschland. Im Steinkreis inmitten der Siedlung prasselte ein wärmendes Feuer. Alle Bewohner saßen inzwischen um die knisternden Flammen herum. Baba hatte schon lange nicht mehr so gut gegessen. Das Pilzgericht der Waldler war köstlich gewesen. Chenoa hatte ihm erklärt, dass es sich um eine Art Pfifferlinge handelte, die man ab September bis weit in den Oktober hinein ernten konnte. Das Gericht hatten die grauhaarigen Zwillinge mit jeder Menge an Kräutern gewürzt, von denen Baba noch nie etwas gehört hatte. Spitzwegerich, Bärlauch und Vogelmiere wurden ihm von Chenoa genannt. Von Minute zu Minute erhöhte sich seine Sympathie für die kleine, verschworene Gruppe, die in dieser gefährlichen Gegend ums Überleben kämpfte. Schließlich wagte er es sogar, die beiden älteren Frauen, die neben ihm saßen, anzusprechen.

»Ich hab mitgekriegt, dass ihr das Pilzgericht gekocht habt. Woher habt ihr das Wissen? Seid ihr vor dem Krieg geboren?«

Zwei kalte, blaue Augenpaare starrten ihn im Feuerschein an. Anuk und Bena antworteten nicht. Draußen, im dunklen Wald, ließen die Wölfe ihr schauerliches Konzert erklingen. Ein fahler Mond schob sich durch die Wolken. Plötzlich fror Baba und das wohlige Gefühl drohte aus seinen Adern zu weichen. Es war Mausezahn, der ihn am Ärmel seines bunten Mantels zupfte und ihm ins Ohr raunte: »Die grauen Zwillinge reden nichts, Baba. Sie sind fünfzehn Jahre vor dem Krieg geboren, sind krank und haben unsägliches Leid erlebt. Aber sie können alles Gesprochene hören und manchmal schreiben sie auch ihre alten Geschichten auf. Von ihnen haben wir hier im Lager schon viel gelernt.« Mausezahn stockte einen Moment, dann kräuselte er die Stirn und fragte leise: »Kannst du eigentlich lesen und schreiben, Baba?«

Der Städter zuckte mit den Achseln. Sollte er die Wahrheit sagen? Er entschied sich dafür. »Unsere Veteranen haben versucht, mir Buchstaben beizubringen, und auch Zahlen. Aber das Leben drunten am großen Fluss bietet nicht immer viel Zeit zum Lernen.« Er seufzte. »Bisher dachte ich, dass das nicht wirklich wichtig ist. Fischen und Jagen, das füllt den Magen. Lesen und Schreiben, das brauch ich nicht.« Baba grinste, als ihm etwas einfiel. »Doch, ich kann das«, lachte er plötzlich, bückte sich nach einem Stöckchen und ritzte BABA in den niedergetrampelten Boden nahe der Feuerstelle. »Das ist mein Name, richtig?«

Einige der Waldler kicherten und Mausezahn klopfte ihm aufmunternd auf die Schulter. »Richtig, und den Rest des Alphabets lernst du bei uns auch noch. Das solltest du dringend tun, denn nur dann kannst du jemals in Chenoas Büchern lesen. Sie enthalten das Wissen, das du brauchst, wenn du so alt wie Anuk und Bena werden willst.«

Aus dieser Sicht hatte Baba sein Leben noch nie betrachtet. Und als ihm Chenoa ein kleines emailliertes Gefäß mit einem Sud darin reichte, wurde ihm klar, dass nicht er hier der Lehrer wäre, sondern eher der Schüler. Klar konnte er den Waldlern beibringen, wie man Fische im Fluss fing, aber was war das schon im Vergleich zum Brauen von Medizin. Hätte Baba jetzt bereits geahnt, welche Geheimnisse noch in dieser Siedlergruppe steckten, wäre die Entscheidung gefallen, für immer hierzubleiben. Doch so weit war er noch nicht.

Der bittere Sud rann seine Kehle hinab und kurz darauf spürte Baba, dass sich sein rasselnder Atem etwas beruhigte.

»Efeu und Königskerze«, erklärte Chenoa dem kranken Städter, als sie bemerkte, wie misstrauisch er das Gefäß betrachtete. »Der Efeu überwuchert die Ruine der ehemaligen Dorfkirche drunten im Tal. Und die Königskerze, die findet man auf Lichtungen.«

»Und das hilft gegen den Husten, der mich seit Wochen quält?«, fragte Baba.

»Mit Sicherheit«, antwortete ihm die blonde Chenoa. »Außerdem atmest du genügend Terpene ein, solange du dich im Wald aufhältst. Das stärkt dein Immunsystem und dein Körper ist in der Lage, die Krankheit zu besiegen.«

Baba betrachtete die junge Frau im Restlicht, das das Feuer und der Mond über ihr ergoss. Sie war äußerst hübsch und trug, wie auch er, Klamotten aus der Vorkriegszeit. Aber ihre wirkten unauffälliger, waren von dezenter Farbe und schienen unverwüstlich. Zudem hatte sie, wie alle Bewohner der Siedlergruppe, eine Art Weste aus Kaninchenfellen übergestreift. Das braune Fell gab Wärme an die empfindliche, unbehaarte Menschenbrust ab, wenn die Temperaturen hier im Wald sanken, und das taten sie des Nachts, sogar im Sommer. Außerdem tarnte es bei Streifzügen durch den Wald. Baba begriff so langsam, dass er mit seinem bunten Mantel die großen Beutegreifer angelockt hatte – ein Wunder, dass er jetzt hier saß. »Ich will dich nicht nerven mit all meinen dummen Fragen«, murmelte er leise. »Aber was sind Terpene?«

Chenoa rückte den Holzpflock, auf dem sie saß, näher an Baba heran. Sie lächelte ihn an. »Merk dir eins, kleiner Baba, es gibt niemals dumme Fragen. Jede noch so klitzekleine Erkenntnis ist wichtig für das Überleben hier. Also hör zu. Terpene, das sind die Duftstoffe, mit denen sich die Bäume untereinander unterhalten. Sie warnen sich beispielsweise vor Gefahren, vor Angriffen von Fressfeinden oder Naturkatastrophen. Die meisten alten Kulturbäume haben den nuklearen Winter nicht überlebt. Das, was du da draußen findest, ist ein relativ junger Urwald. Buchen, Eiben und Eichen dominieren das Urwaldgebiet. Sie haben die anfälligen Nadelhölzer verdrängt und sprießen aus deren Überresten. Ihre Sprache mittels Terpene hallt lauter denn je unter dem Blätterdach dahin. Davon profitieren wir Siedler, denn der Waldduft vermehrt unsere eigenen Killerzellen. Die Pilze, also die Fruchtkörper aus dem dichten Myzel, das den kompletten Urwald durchzieht, tun ihr Übriges. Sie enthalten eine Menge an Jod und das sättigt unsere Schilddrüsen gegen die Strahlung, die auch uns Waldbewohner nicht verschont. Sie ist zwar geringer geworden, trotzdem muss man sie ernstnehmen.« Vorsichtig schob sie ihm eine Strähne seines fettigen, pechschwarzen Haares aus der verschwitzten Stirn. »Ich habe keine Ahnung, wie viele Menschen es da draußen in unserer neu erwachenden Welt überhaupt gibt. Aber ich bin mir sicher, dass sich etliche fragen werden, warum man ausgerechnet hier, in diesem verfluchten Urwald, siedeln will. Die meisten Überlebenden haben versucht, sich an die Küsten durchzuschlagen, weit nach Süden.« Chenoa atmete tief durch. »Ich will es dir verraten, und sei dir bewusst, ich verrate es nicht jedem. Der Wald ist nicht lebensfeindlich, ganz im Gegenteil. Wir Menschen müssen nur lernen, uns den Gesetzen der Natur anzupassen. Wenn wir uns den Regeln der Flora und Fauna beugen, Baba, kriegen wir eine Chance. Auch wenn dazugehört, zu akzeptieren, dass es andere Wesen gibt, die hier regieren und über Leben und Tod entscheiden. Verstehst du das?«

»Ja klar, aber warum habt ihr dann die Ruinen drunten im Tal verlassen? Die sind ja nicht weit weg. Könntet ihr dort nicht einfacher leben? Gab es im Dorf, das du erwähnt hast, keine Überlebenden?«, fragte Baba.

Chenoa stutzte einen Augenblick. Alle Geheimnisse, insbesondere das, woher sie ursprünglich stammte, wollte sie nicht preisgeben. Dafür war ihr dieser Städter noch zu unbekannt. Trotzdem antwortete sie souverän: »Ich bin erst nach dem Krieg geboren, Baba, genau wie du. Und ich stamme nicht aus dem Dorf. Die Veteraninnen Anuk und Bena haben mir aufgeschrieben, dass die Menschen aus den ländlichen Gegenden damals geflüchtet sind. Es gab weder genügend Nahrungsvorräte noch ausreichend Wohnraum, der Schutz bot. Viele flohen in die Großstädte, wo sie ohnehin der sichere Tod erwartete. Aber bei dem Chaos, das damals herrschte, als zweitausendfünfundzwanzig die erste Bombe in Washington explodierte, stand für die meisten Europäer fest, dass die Folgen verheerend sein würden. Menschen sind allerdings Menschen, und deswegen warten sie nicht einfach ab, dass die Strahlung oder die Druckwelle einer Bombe sie wegfegt. Sie fliehen in eine trügerische Sicherheit – ob es Sinn macht oder nicht.« Chenoa wurde ernst. »Außerdem wären wir drunten im Tal, in den alten Häusern, leicht aufzufinden von Eindringlingen, die uns vielleicht nicht wohlgesonnen sind. Hier oben, hinter unserer Einzäunung, leben wir behüteter. Ich hoffe, du bist dir der Ehre bewusst, dass ich dich in die Sicherheit mitgenommen habe.«

Baba starrte die Blonde ungläubig an. »Ich bin dir ja auch dankbar, aber vieles, was du sagst, verstehe ich nicht. Wo liegt Washington? Und was sind Europäer?«, fragte er unverblümt. Er musste den Vortrag erst verdauen, er, der kleine Siedler vom großen Fluss, der nur die beiden Buchstaben kannte, die seinen Namen bildeten. Innerhalb seiner Gruppe, drunten am Wasser, das man früher Donau nannte, hatte es zwei Veteranen gegeben. Inzwischen war nur einer davon übrig und auch der war krank, atmete rasselnd, genau wie er selbst. Wenn auch der krepieren würde, wäre das Vorkriegswissen ohnehin verloren. Aber Baba war sich beinahe sicher, dass der Alte die furchtbare Vergangenheit nicht so exakt kannte, wie diese Blonde, die ihm gegenübersaß. Ihr Wissensschatz schien unendlich zu sein.

»Washington, das war die Hauptstadt der Vereinigten Staaten von Amerika. Von dort aus wurden China und auch Russland beschossen. Damit haben die Großmächte das Ende der damaligen Zivilisation besiegelt.« Als Chenoa die fragenden Augen ihres Gastes erblickte, setzte sie hastig hinzu: »Das wirst du im Lauf der Zeit alles lernen, Baba, auch wenn es ohnehin keine Rolle mehr spielt. Die Menschheit von damals war eine andere als heute, und ich meine, dass wir deren Einstellung und Verhalten nicht übernehmen sollten.« Chenoas Blick wirkte mit einem Mal verklärt, beinahe verträumt. »Natürlich war nicht alles schlecht damals. Es gab Techniken, die für unser Überleben sehr hilfreich wären.« Ihr Blick glitt zum Himmel, dort, wo vor dem Sonnenuntergang noch die Milane und Habichte ihre Kreise gezogen hatten. »Es gab Fluggeräte, Baba, mit denen man bequem durch die Lüfte glitt wie ein Vogel.«

»Ich glaub, ich weiß, was du meinst«, antwortete Baba sofort. Der Alte vom Fluss hat mir mal erzählt, dass so ein Dings, also Flieger, etwas westlich von unserer Siedlung liegt. Das Teil fiel wohl im Krieg vom Himmel und jetzt ist es überwuchert von Büschen und Sträuchern, genau wie die Automobile auf den breiten Straßen, die die Menschen früher benutzt haben. Aber

Autos und Flieger brauchten Sprit, das weiß ich vom Alten, und den gibt es nicht mehr, sagte er mir.«

»Nicht alle fliegenden Geräte benötigten Treibstoff, also Sprit«, erklärte Chenoa und in ihrem Blick glomm sofort Begeisterung. »Es gab auch einfache Flieger, die in den warmen Luftmassen in den Himmel aufstiegen, so wie die Vögel eben. Man nennt diese Strömungen Thermik, Baba.«

»Meine Güte, was du alles weißt«, krächzte der magere Bursche und hustete ein paar Mal laut. Sofort erscholl das Geheule der Wölfe aus dem Wald.

Chenoa tippte mit dem Zeigefinger der rechten Hand an ihre Lippen. »Wir sollten langsam schlafen gehen«, flüsterte sie. »Ich möchte die Aufmerksamkeit der Rudel nicht auf uns ziehen, sonst belagern die Viecher uns jede Nacht. Möglicherweise haben sie bereits dein Reittier gewittert. Wenn Ruhe im Lager einkehrt, beruhigen sie sich wieder.«

Baba nickte. Er war ohnehin müde und sehr froh darüber, dass er in einer der Hütten, dort wo der fünfzehnjährige Mausezahn wohnte, einen trockenen, warmen Schlafplatz fand.

***

In dieser Nacht träumte Chenoa bildhaft. Ihre Gedanken und all die eindrücklichen Erlebnisse des letzten Tages mischten sich mit den bunten Szenen, die ihr Gehirn produzierte, während der Wald rund um die Siedlung seine nächtlichen Geräusche erschallen ließ.

Sie würde den Siedlern drunten an der Donau persönlich die Nachricht überbringen, dass Baba am Leben war. Denn ihre Mitbewohner wollte sie nicht der immensen Gefahr aussetzen. Zu Fuß wäre sie mindestens sechs Tage unterwegs, bis sie den Fluss erreichte, wenn sie überhaupt ankäme. Träumend bestieg sie mit einem schweren Rucksack auf dem Rücken den hohen Berg, den man von der Lichtung der Siedlung aus erblicken konnte. Aus einem alten Buch, das sie hütete wie ihren Augapfel, wusste sie, dass der Berg früher einmal Arber hieß. Die wertvollen bedruckten Seiten zwischen zwei Buchdeckeln aus der Vorkriegszeit enthielten zudem noch eine Landkarte, die für Chenoa unbezahlbare Vorteile brachte. So konnte sie einschätzen, wo sich einst Dörfer, Städte und Straßen befunden haben, bevor die verheerenden Bomben alles vernichteten. Den Schatz allerdings, den sie den Berg hinaufschleppte, war noch wertvoller als ihre Bücher. Auf gar keinen Fall durfte sie ihn verlieren oder beschädigen. Mausezahn hatte gewusst, wo man ihn bergen konnte – der gute, gute Mausezahn.

Die Sonne schien und erste Wolken zeigten sich im Blau des Himmels. Perfekte Bedingungen für Chenoas Traumreise zum großen Fluss. Mühselig arbeitete sie sich durch dorniges Gestrüpp bergan. Manchmal meinte Chenoa, einen ehemaligen Pfad zu erkennen. Der Arber war wohl vor dem Krieg von vielen Menschen besucht worden. Oben, auf dessen Gipfel, so wusste sie aus dem Buch, standen vermutlich noch guterhaltene menschliche Behausungen. Es soll sogar eine Seilbahn gegeben haben, die Leute zu deren purem Vergnügen nach oben beförderte. Unvorstellbar für ihre Generation, in welchem Luxus man früher einmal gelebt hat. Mit diesen Gedanken schleppte sich die schlanke Frau mit ihrer wertvollen Fracht über Felsen, Wurzeln und Sträucher weiter nach oben. Die Luft wurde merklich kühler, und dann, nach bunten Traumbildern von herrlicher Landschaft, erreichte sie ihr Ziel. Die ehemaligen Gebäude hier oben waren tatsächlich in einem erstaunlich guten Zustand. Vermutlich würden sie in ihrem Inneren noch Nützliches beherbergen, Kochtöpfe zum Beispiel, Glasflaschen, Löffel, Gabeln, Messer und vieles mehr. Aber Chenoa hatte keine Zeit. Sie drehte sich einmal im Kreis, bis der Wind ihre Haare aus dem Gesicht blies – leichter Ostwind – ideale Bedingungen. Hastig stellte sie den Rucksack ab und zog den Schatz heraus. Grüner Stoff quoll ans Tageslicht, dazu grellgelb leuchtende Schnüre. Die kühle Luft fuhr sofort in den Berg aus raschelndem, mindestens dreißig Jahre altem Polyester und bauschte ihn auf. Chenoas geträumte Vorfreude ließ ihr Herz schneller schlagen. Flink schlüpfte sie in das stabile Gurtzeug, zog es stramm, dann griffen ihre Finger in die Schnüre. Wie würde es sein, am Himmel zu schweben, wie die Falken, die Habichte und die Elstern, die täglich die Waldsiedlung umkreisten? Sie zog die Schnüre mit einem Ruck gegen den Wind. Der Stoff bauschte sich zu einem riesigen grünen Dach, das nun über ihr schwebte. Dann lief sie los, den Hang hinab, schneller und schneller, durch ein Meer aus Schwarzbeerpflanzen hindurch, bis die Füße den Halt verloren, durch Gestrüpp und Mattengras schliffen und sich vom Untergrund entfernten. Unter Chenoa sausten Felsen und Bäume vorüber, sie flog. Sofort lenkte sie ihr Fluggerät in eine Rechtskurve Richtung Süden und steuerte auf den zersplitterten Holzbalken zu, der vor fünfundzwanzig Jahren noch als Gipfelkreuz fungiert hatte. Rasch gewann sie über dem Berg an Höhe, kreiste mit den Vögeln um die Wette, bis selbst der Gipfel unter ihr flach erschien. Dann lenkte sie den alten Gleitschirm, den Mausezahn in der ehemaligen Tschechei auf einem zerstörten Flugplatz gefunden hatte, in Richtung des weiten Flachlandes, dorthin, wo schon jetzt der Strom, genannt Donau, in der Sonne glänzte. Unendliches Grün blendete sie fast in den Augen. Der Wald schien zu wachsen. Nur vage konnte sie noch ehemalige menschliche Siedlungen zwischen dem Meer aus Blättern erkennen. In spätestens zehn Jahren wären sie sicherlich vollständig verschwunden.

Der Flug dauerte, da Chenoa immer wieder an Höhe gewinnen musste und geschickt die Thermik der aufsteigenden Luft nutzte. Doch schließlich glitten die letzten Hügel unter ihren Füßen hindurch. Eine von Sträuchern durchbrochene, graue Riesenschlange kam in Sicht. Chenoa musste an die Landkarte in einem ihrer Bücher denken. Nahe des breiten, fließenden Gewässers hatte es früher mal eine sogenannte Autobahn gegeben. Die Buckel aus verrostetem Blech, die aus den dornigen Büschen ragten, zeugten noch davon. Erste Ruinen tauchten auf, die bis ans Flussufer heranreichten. Hier war ihr Ziel. In engen Kreisen verkleinerte sie die Höhe, so wie der belesene Mausezahn es ihr erklärt hatte, und visierte eine Wiese an, um zu landen. In diesem Moment hörte sie den Schuss! Waffen – die Siedler besaßen Feuerwaffen. Sie hatte davon gehört, dass Überlebende sich aus Militärbeständen solche Dinger organisiert hatten. Kein Wunder, ihre Eltern und sie hatten im unterirdischen Schutzraum einer ehemaligen großen Luftwaffenkaserne der Bundeswehr überlebt. Ihr Vater, ein Offizier, hatte ihren fünften Geburtstag nicht mehr mitbekommen. Leukämie – die tückische Krankheit, ausgelöst durch radioaktive Strahlung

– hatte ihn dahingerafft, wie tausende andere auch. Ihre Mutter war zäher gewesen. Sie starb, als Chenoa dreizehn wurde, ebenfalls an Krebs. Die Gemeinschaft hatte sie trotzdem weiter durchgefüttert, bis sie schließlich beschloss, hinauszuziehen in den Wald, dort, wo das Leben ihrer Meinung nach neu beginnen würde.

Sssssst, neben ihrer linken Schläfe sauste ein Projektil vorbei. Die Flusssiedler sahen sie als Bedrohung an. Sie hätte es wissen müssen. Ein fliegendes, grünes Stück Stoff am Himmel, das bedeutete Gefahr. Dann, ein kurzer, heftiger Schmerz … sie war getroffen.

Chenoa erwachte schweißgebadet und blickte in Mausezahns Augen, der neben ihrem Bett stand. Der Morgen graute bereits.

»Was ist mit dir?«, fragte der Junge besorgt. »Ich musste dich ins Bein zwicken, damit du aus dem Albtraum erwachst, Chenoa. Du hast geschrien, wie jemand, der einem Wolfsrudel gegenübersteht.«

Die Blonde setzte sich schweratmend auf ihrem Lager aus Holz und heugefüllten Stoffsäcken auf. Sie bewohnte die Hütte seit dem Tod ihrer liebsten Freundin Chepi allein. Es dauerte einige Sekunden, bis sie dem Fünfzehnjährigen antworten konnte: »Ich habe geträumt, dass ich das Fluggerät benutze, Mausezahn. Das hatte ich tatsächlich vor, und im Traum funktionierte es bereits wunderbar. Vom Gipfel des Arbers glitt ich in der Thermik hinaus aufs Flachland. Aber … aber …« Chenoa schluckte schwer. »Ich wollte den Städtern unten am Fluss die Nachricht von Babas Überleben bringen. So hätte ich wenigstens den Fußmarsch ins Tal gespart. Aber sie haben mich beschossen, mit Feuerwaffen, Mausezahn. Ich glaube, der Traum wollte mich vor einem großen Fehler bewahren. Ein fliegendes Stück Stoff am Himmel kennen die Städter nicht, und vielleicht haben sie ja tatsächlich Schusswaffen? Die großen, versteckten Bunker der Militärs waren nicht weit weg von ihnen.« Wie hätte sie ahnen wollen, dass Teile ihres Traumes in abgewandelter Form bald zur Realität werden sollten?

Mausezahn betrachtete sie ehrfurchtsvoll. »Ich habe auch nur in Büchern gelesen, wie das Fliegen in der Thermik funktionieren könnte. Erinnerst du dich an den Bildband, den ich auf dem zerstörten Flugplatz in einem eingestürzten Turm gefunden habe? Darin stand, dass du gegen den Wind starten und an sonnen-beschienenen Hängen Aufwinde suchen musst. Wie kompliziert das ist, und da hast du ernsthaft mit dem Gedanken gespielt, gleich vom Gipfel aus zu starten?«

Chenoa nickte. »Der Traum war so real. Ich bin mir sicher, dass es funktionieren wird. Vom Arber wegzu-fliegen ist ungefährlicher, als das Ganze irgendwo hier in der Gegend zu testen. Denn das ist der höchste Punkt weit und breit. Dort ist die Thermik am stärks-ten, Mausezahn. Die Sonne bescheint den Südhang am Mittag, die warme Luft steigt auf. Eigentlich musst du nur den großen Vögeln zusehen, die machen es uns vor.« Sie dehnte ihre Glieder. »Ich werde es versuchen, Mausezahn, eines Tages, aber jetzt plane ich erst ein-mal den Fußmarsch zu den Flusssiedlern. Wenn die hören, dass ihr lieber Baba noch am Leben ist, geben sie mir sicherlich etwas Samen mit. Dann können wir hier Rüben pflanzen. Das bereichert unseren Speise-plan. Außerdem habe ich die Hoffnung, dass da unten im Flachland noch mehr Essbares wachsen könnte.«

»Babas komisches Vieh hat in der Nacht jede Menge stinkende Bollen hinterlassen. Hast du nicht in einem deiner Bücher gelesen, dass das eine wunderbare Nahrung für Pflanzen ist?«, fragte Baba. »Dann mache ich mich gleich mal an die Arbeit und sammle die Dinger zusammen.«

Die Blonde stand auf. »Ja, das ist richtig. Wenn wir die Wurzeln anbauen wollen, wachsen sie durch Mist viel besser. Das ist eine gute Idee«, antwortete sie dem zweisprachigen Jungen. »Und habe ein Auge auf unseren neuen Mitbewohner. Baba muss täglich eine Mischung aus Efeu und Königskerze trinken. Sonst überlebt er den Sommer nicht. Darum sollen sich Anuk und Bena kümmern.« Sie tauchte ihre Hände in einen alten Eimer aus Zink, der neben ihrem Lager stand, und schöpfte kaltes Wasser heraus. Flüchtig rieb sie sich damit übers Gesicht. »Ich breche heute noch auf und nehme Babas Reittier mit. Sollten mich Wölfe angreifen, kann ich es opfern und fliehen. Wenn ich mit dem Vieh durchkomme, lassen die Städter ihre Schusswaffen stecken, falls sie welche haben, weil sie den Vierbeiner erkennen werden.«

»Du willst heute schon aufbrechen? Wir wollten neue Löcher für die Latrinen am nördlichen Zaun graben und Bärlauch sammeln. Nicht, dass der zu blühen beginnt. Dann kann man ihn nicht mehr verwenden.«

»Grab die Löcher zusammen mit Inyan und Yaci. Die beiden jungen Männer sollten sich ohnehin etwas stärker einbringen in der Siedlung. Und den Bärlauch können die grauen Zwillinge ernten. Sie sollen die Kinder mitnehmen. Die müssen lernen, sich im Wald geräuschlos zu bewegen«, konterte Chenoa sofort.

Sie duldete keinen Widerspruch, um ihre Führungsposition nicht zu gefährden, auch nicht Mausezahn gegenüber, der inzwischen beinahe ihr wichtigster Berater geworden war, auch wenn sie manchmal das Gefühl hegte, er sei heimlich in sie verliebt. Der Fünfzehnjährige, der zwei Sprachen beherrschte, verfügte über einen erstaunlichen Wissensschatz.

»Mit den Kindern?«, fragte Mausezahn nach, wohlwissend, dass Chenoa immer wusste, was sie anordnete.

»Ja, natürlich«, antwortete die Blonde. »Die haben mächtig was aufzuholen.« Sie erinnerte sich. Inyan und Yaci, die beiden Männer, waren etwas jünger als sie selbst. Mit ihnen und den grauen Zwillingen war sie vor über zwei Jahren aus den Bunkeranlagen eines Militärflugplatzes der Bundeswehr in den Urwald gezogen. Die drei Kinder aber, zwei etwa elfjährige Mädchen, die sich Lotta und Lisa nannten, weil sie von ihren verstorbenen Eltern so genannt wurden, und ein etwa neunjähriger Junge von unbekannter Herkunft, kurz Uhe, waren bis auf die Haut abgemagert, als Chenoa sie vor einem Jahr in einer verlassenen Kleinstadt am Fluss Regen entdeckt hatte. Die Kinder, die sich in einer Tiefgarage versteckt hatten, waren daran gewöhnt, überwiegend Insekten zu essen. Ein Wunder, dass sie am Leben waren. Lotta und Lisa sprachen bei ihrem Auffinden nur wenig Worte, unter anderem ihre Namen. Der kleine Junge benahm sich damals wie ein Tierjunges. Er brachte kein einziges Wort über die Lippen, wehrte sich, als Chenoa ihn berühren wollte und biss ihr in die Hand wie eine Raubkatze. Dazu knurrte er mit Blick auf die Toten in der Ecke, die vermutlich seine Eltern gewesen waren. Die spärlich bekleideten, stark verwesten Leichen lagen dort vermutlich schon ziemlich lange. Dies war kein Ort für überlebende Kinder. Chenoas Herz entschied sich damals rasch, obwohl sie wusste, dass die Kapazitäten hinter den hohen Zäunen ihrer Behausung begrenzt waren. Seither waren Lotta, Lisa und Uhe ein Teil der Gemeinschaft, die sich hier im Wald eine lebenswerte Zukunft versprachen.

Ihr Einspruch zeigte sofort Erfolg. Mausezahn schlug die Augen nieder und murmelte: »Wie du meinst. Aber du musst wissen, dass ich ganz schön Angst um dich habe. Der Weg runter ins Flachland ist weit und gefährlich. Und auf dem Rückweg hast du kein Reittier mehr. Das werden die Städter dir sofort abnehmen. Sechs Tage bist du mindestens bis zum großen Fluss unterwegs, das ist dir hoffentlich klar. Und was tust du, wenn es regnet?«

Chenoa lächelte ihn an. »Im Vorratsbunker liegt die Plane aus wasserundurchlässigem Material. Die Kinder haben in dem ehemaligen Laden drunten im Tal doch das Fahrrad entdeckt, erinnerst du dich? Darüber lag die Plane, und es hat das wertvolle Vehikel tatsächlich mindestens fünfundzwanzig Jahre lang vor dem eisigen nuklearen Winter geschützt. Dann wird es mich auch eine Zeit lang vor Niederschlag schützen. Und – Mausezahn – bitte führe unseren Kalender fort. Du weißt, wie wichtig er für uns ist. Nur, wenn wir jeden Tag markieren, wissen wir, wann die Erntezeit für Kräuter und Pilze gekommen ist und wann uns der nächste Winter droht.«

Wieder nickte Mausezahn. Ein wertvolles Stück Karton, auf den Tage und Monate aufgezeichnet waren, hing an einem Nagel in Chenoas Hütte. Jedes Jahr, ungefähr zur Wintersonnenwende, wurde er neu gestaltet, mittels einem Bleistift und einem Radiergummi. Papier war ein sehr kostbares Gut. Während des Krieges waren derartige Stoffe durch ihre leichte Entzündbarkeit in großen Mengen verbrannt. Nur an Orten, die weiter entfernt von den verheerenden Einschlägen lagen, gab es noch die Chance, Schachteln aus Karton oder gar Bücher, Hefte und sogar Illustrierte zu finden. Letztere zeichneten eine Märchenwelt, die heute jedem Siedler wie überbordende Fantasie vorkommen musste. Ein Leben im Überfluss war Standard gewesen, jedenfalls für Viele. Menschen hatten sich vermehrt wie die proteinhaltigen Käfer, die Lotta, Lisa und Uhe verspeisten, nachdem ihre Eltern sie in eine völlig ungewisse Zukunft geboren hatten. Aber so war es eben. Es existierten noch immer Menschen, die nichts hinzugelernt hatten aus der Vergangenheit. Mausezahn schwor sich täglich, es besser zu machen. »Das Abstreichen des Kalenders übernehm ich selbst, Chenoa, keine Sorge.« Seine rechte Hand berührte bei diesen Worten vertrauensvoll die Schulter der Blonden. Er mochte sie sehr, auch wenn sie manchmal extrem streng mit den Mitbewohnern der Siedlung ins Gericht ging. Eigenartige Schauder liefen ihm dabei über den Rücken und konzentrierten sich zwischen seinen Beinen. Aber Mausezahn wusste, dass körperliche Liebe Folgen haben könnte. Was, wenn in der hübschen Blonden ein Baby heranwuchs? Ein Esser mehr? Dachten andere Siedler ähnlich? Er hatte auf seiner Wanderung durch die ehemalige Tschechei selbst erlebt, dass man ungewollten Nachwuchs in Fässern voll Regenwasser ertränkte, bevor man die Würmchen möglicherweise einem brutalen Hungertod aussetzte. Ein Akt der Menschlichkeit, wie man dem damals dreizehnjährigen erklärte.

Mausezahn würde seine Triebe deswegen weiterhin heimlich unter der Decke auf dem Lager ausleben. Das war allemal besser, als das Risiko einer unkontrollierten Vermehrung einzugehen. Wie viele Menschen noch den Planeten bevölkerten, wusste niemand so genau – woher auch. Es gab kein Radio mehr, keine Fernsehprogramme mit halbstündlichen Nachrichten, die ihre reißerische Berichterstattung durch gutbezahlte Werbung unterbrachen. Mausezahn hatte diese Informationen aus einem Heft, das er im Bauch eines Flugzeugs gefunden hatte. Das TV-Programm vom August 2025 war darin abgedruckt gewesen. Die Maschine hatte in einem Hangar gestanden, dessen Dach eingestürzt war. Bevor er zur Gruppe von Chenoa gestoßen war, hatte er in der ehemaligen Tschechei mehrere verlassene Flugplätze aufgesucht, die von den Bomben verschont geblieben waren. Dort hatte er jede Menge Materialien entdeckt, unter anderen Dingen auch das Fluggerät, mit dem Chenoa eines Tages in den Himmel starten würde. Das wertvolle Zeitdokument lagerte jetzt, wie auch Chenoas Bücher, in einer geheimen Höhlenkammer hinter dem Notausgang.

Die Blonde schob die Hand des schlanken Jungen von ihrer Schulter und streifte ihn mit einem mahnenden Blick. Sie dachte genauso, wie ihr fünfzehnjähriger Berater. In der jetzigen Lebenssituation gab es keinen Platz für ungewollt geborene Kinder, die das Leben der Siedler erschweren würden. Das würde sich vielleicht ändern, wenn etwas Stabilität und verlässliche Nahrungsquellen den Alltag wieder prägten. Allerdings konnte auch sie nur hoffen, dass sich alle in ihrer Gruppe daran hielten. Insbesondere Inyan und Yaci, die beiden jungen Männer, schielten schon jetzt nach den halbwüchsigen Mädchen, die noch nicht viel an Lebenserfahrung besaßen.

»Hilfst du mir, die Vorräte für meine Wanderung zu packen?«, fragte sie betont unbeteiligt, um die Situation zu entspannen. Mausezahn nickte eifrig. Sie konnte sich auf ihn verlassen.

***

Der frühe Tag bot Chenoa den besten Schutz vor Angriffen der großen Räuber. Deswegen nutzte sie den milden, sonnigen Tag, um möglichst viel des dichten Urwalds hinter sich zu bringen. In ihrem Rucksack aus Vorkriegszeiten steckten zwei wertvolle Stücke Papier. Auf einem davon hatte ihr neuer Bewohner mit einem Bleistift das Wort BABA gekritzelt. Es sollte als Beweis für die Städter am Fluss dienen, dass ihr Gruppenmitglied noch am Leben war. Auf dem zweiten Blatt hatte Chenoa aus einem Exemplar ihrer Bücherschätze die Landkarte der Gegend maßstabsgetreu abgezeichnet. Selbst die Himmelsrichtungen waren darauf vermerkt, so dass die Blonde ihr improvisiertes Navigationsgerät mit Hilfe von Sonnenstand und der bemoosten Seite der Bäume »einnorden« konnte. Das sogenannte »Einnorden einer Landkarte« war eine uralte Methode, sich zu orientieren. Selbst die ersten Flugpioniere der Menschheit hatten sie genutzt, um den Flugweg zu bestimmen. Es hatte der Waldlerin viele Stunden mit einem ihrer Bücher gekostet, sich das Wissen anzueignen.

Chenoa war durchtrainiert und gesund. Bis zur Abenddämmerung würde sie bereits das breite Tal erreicht haben, durch den sich der Fluss mit dem ehemaligen Namen Regen schlängelte. Dort war die Gefahr von Luchsen, Bären und vor allen Dingen Wölfen angegriffen zu werden, weitaus geringer. Außerdem konnte sie sich an ehemaligen Straßen und Kleinstädten orientieren, die auf ihrer Karte vermerkt waren.

Das Reittier, dem sie kurzerhand den Namen Pony verpasst hatte, trottete brav hinter ihr her. Chenoa wunderte sich über die Zutraulichkeit, die dieses einst wilde Tier den Menschen schenkte. Die Städter, die sie aufsuchen würde, schienen interessante Fähigkeiten zu besitzen. Mit ein wenig Glück konnte sie mit der Gruppe vom großen Fluss eine Partnerschaft schließen und einen Warenhandel einrichten. Deswegen führte sie auch ausreichend Kräuter und getrocknete Pilze mit sich. Sogar das Fell eines Wildkaninchens hatte sie als Geschenk eingepackt. Das begehrte Fleisch, weswegen sich auch Baba auf die lange Reise begeben hatte, würde verrotten und zudem durch seinen Geruch jede Menge Räuber anziehen. Deswegen musste auch sie selbst von dem leben, was ihr der Wald auf der Wanderung zur Verfügung stellte, und das wäre karg. Aber Chenoa war eine gute Jägerin. Insbesondere die frechen Eichhörnchen würden sie hoffentlich mit Frischfleisch versorgen. Aus diesem Grund trug das Pony neben der regenfesten Plane und einer zweiten Tasche, in der sie Nahrungsvorräte verstaut hatte, auch ihren Jagdbogen und selbsthergestellte Pfeile auf seinem Rücken. Und falls das Jagdglück ihr nicht wohlgesonnen wäre, gäbe es Myriaden an Käfern, die im Totholz des Urwaldes wuselten. Sie waren auch ungekocht ziemlich schmackhaft.

Den ersten Teil der Tagesetappe brachte sie gut hinter sich. Zum größten Teil kannte sie die Strecke, die ständig bergab führte und die um gefährliche

Steilhänge herumführte. Zum Teil benutzte Chenoa ehemalige Straßen, deren dichter Bewuchs von Bewohnern ihrer Gruppe bereits niedergetrampelt war. Sollte ihr Besuch bei den Städtern erfolgreich sein, würde sie ohnehin alles daran setzen, einen sicheren, begehbaren Pfad zwischen den Siedlungen anzulegen. Eventuell, so ihr absoluter Traum, wäre eines Tages auch ein Flug, zumindest in eine Richtung möglich. Das würde jede Menge Zeit sparen. Aber bis dahin würde noch viel Wasser die Flüsse der neuen Heimat hinunterfließen.

Gegen Mittag, als die Sonne nahezu den höchsten Stand erreichte, marschierte Chenoa durch eine verlassene Stadt. Sie pfriemelte ihre selbsterstellte Karte aus dem Rucksack, richtete sich nach Süden aus und betrachtete den Punkt, den sie bereits erreicht hatte. Sie passierte gerade Zwiesel, eine Kleinstadt, die vor dem Krieg durch ihre Glasproduktion bekannt geworden war. Glas – das Produkt, das begehrt bei allen Siedlern war, sofern es sich um Flaschen und Trinkgefäße handelte. Mit dem Zierrat, der die Menschen früher glücklich gemacht hatte, konnte im Jahr 2050 niemand mehr etwas anfangen – dachte sie zumindest. Die Häuser hier waren alle erstaunlich gut intakt, wie viele Gebäude im ehemaligen Grenzgebiet. Die nuklearen Bomben waren hunderte von Kilometer entfernt niedergegangen, einige hatten München und Nürnberg getroffen und im Nordosten zählte insbesondere Prag zu den bedauernswerten Opfern der Vernichtungswaffen. Die Schockwellen der Einschläge hatten die Siedlungen zwischen den Gipfeln der Mittelgebirge nicht erreicht und damit die Gebäude verschont. Trotz allem hatten in der Gegend nur ganz wenige Menschen überlebt. Der Fallout und die Lebensmittelknappheit trugen Schuld am Tod unzähliger Einwohner der ehemals beliebten Urlaubsregion. Diejenigen, die das Desaster überlebt hatten, waren zum Großteil nach Süden geflüchtet, dort, wo sie die großen Bunkeranlagen der Armee vermutet hatten. Damit waren sie allerdings in den sicheren Tod marschiert. Chenoa und ihre Gruppe hatten sich vor zwei Jahren ganz bewusst für ein Leben im Wald entschieden, weil sie über eine Menge an Wissen verfügten und die Vorzüge dieses einzigartigen Lebensraumes kannten. Die Mehrzahl derer, die während des nuklearen Winters geboren worden waren, konnten weder lesen noch schreiben. Das war auch der Grund, warum sie jedem Fremden mit äußerster Vorsicht begegnete.

Plötzlich stoppte Pony abrupt, schnaubte und wich rückwärts. Chenoa hatte keinerlei Erfahrung im Führen großer Haustiere – woher auch? Um ein Haar wäre sie umgerissen worden. Aber sie ließ den improvisierten Führzügel aus Draht sofort los und ihre rechte Hand fuhr an das Stoffband, in dem ihr Jagdmesser steckte. Angriffsbereit packte sie es mit der Faust am Griff und lauschte. Ein feines Rascheln drang an ihre Ohrmuschel – Wölfe? Um diese Uhrzeit? Nein, denn nun erkannte sie ein Atemgeräusch. Es stammte von einem Menschen, klang erregt und hektisch. Chenoa bereitete sich mental auf einen Angriff vor. Aus dem Augenwinkel beobachtete sie das Pony, das unentschlossen auf dem aufgebrochenen Asphalt stand und an einem jungen Birkenschössling knabberte. Sie hoffte nur, es würde nicht weglaufen, mit den wertvollen Jagdwaffen auf seinem Rücken. Es sah nicht danach aus. Mit katzenhaften Bewegungen näherte sich Chenoa dem Geräusch, das aus einem Gebäude drang. Hinter den

Resten einer riesigen Glasscheibe versuchte jemand sich zu verbergen. Vermutlich handelte es sich um einen ehemaligen Laden, der vor dem Krieg Waren an Kunden verkauft hatte. Behutsam schielte sie hinein. Er war vollständig geplündert. Lediglich Scherben von Glasprodukten, gemischt mit den Überresten der Scheibe, übersäten den staubigen Boden. Die Reste eines Tresens aus Holz standen mitten im Raum. Ihm fehlte ein Bein und ein Teil der Platte. Vermutlich hatte das Material jemand zum Entzünden eines Feuers benötigt. Das hektische Atmen wurde lauter, und mit einem Mal sprang ein Mensch dahinter hervor. Er war nackt, strotzte vor Dreck, aber um seinen Hals hingen Dutzende von Halsketten mit den kuriosesten Anhängern, die Chenoa je gesehen hatte. Das Gewicht der Bänder, Kettenglieder und Drähte, an denen Glasschmuck in allen Variationen, getrocknete Kastanien und sogar nutzlose Mobiltelefone aus der Vorkriegszeit baumelten, zwang ihn in eine unnatürliche, gebückte Körperhaltung. Noch krasser aber wirkte sein breiter Ledergürtel mit Holster und einer Pistole darin. Der Traum von letzter Nacht wurde wieder präsent. Funktionierte die alte Feuerwaffe noch? Oder war sie genauso nutzlos, wie all der Tand, der um seinen Hals baumelte?

Wild glotzte er die Blonde an, deren Hand den Griff des Jagdmessers fest umschloss.

»Tausch«, brüllte er Chenoa aus seinem nahezu zahnlosen Mund an. Er ergriff eines der Handys mit gebrochenem Display und streckte es der Waldlerin entgegen, bis die Schnur um seinen dürren Hals die Bewegung stoppte. »Da – Zauberapparat. Was hast du für mich?« Mit diesen Worten richtete er sich zu voller

Größe auf. Falten um die Mundpartie verrieten die Schmerzen, die ihn offensichtlich quälten.« Als er das Zögern von Chenoa bemerkte, knurrte er ungehalten und setzte sofort hinzu: »Mein Gebiet hier. Fremde müssen tauschen. Sonst kein Durchkommen!« Fordernd streckte er die freie Hand nach der Blonden aus. Und mit zusammengekniffenen Augen betrachtete er das Kaninchenfell, das Chenoa als Weste trug. »Du bist aus Wald. Fleisch – hast du Fleisch?« Ein feiner Speichelfaden löste sich aus dem rechten Mundwinkel und baumelte im Takt seiner Worte. Chenoa erkannte sofort, dass der Typ dem Hungertod nahe war. Er hatte keinerlei Überlebenschance – es sei denn? Abrupt stoppte sie den aufkeimenden Gedanken, umzukehren und den Mann ins Lager im Wald zu bringen. Mit dem Neuzugang Baba waren sie zu zehnt, also mehr als genug. Außerdem würde er den Marsch hinauf in die Hochlagen eventuell gar nicht überstehen. Und die Siedlung am großen Fluss zu erreichen war wichtig. Wertvolle Samen warteten dort, Samen aus denen essbare Wurzeln hervorgingen. Es war nur ein kurzes Zucken ihrer Augen, die ihr Gegenüber gar nicht wahrnahm, dann fiel die Entscheidung. Sie würde dem armen Mann Hilfestellung leisten und damit sich selbst schützen. Mit langsamen Bewegungen nahm sie den Rucksack ab und öffnete ihn. Dabei ließ sie den Hageren, der einen ekelhaften Geruch verströmte, nicht aus den Augen.

»Kein Fleisch«, sagte sie in ruhigem Ton. »Aber etwas viel Besseres. Hast du Schmerzen?«

Der Nackte legte den Kopf schief. Fettige, dunkelblonde Haare rutschten ihm dabei vor die Augen. Er schien sie nicht zu verstehen. Vermutlich hatte er sich jahrelang als Einsiedler durchgeschlagen und verfügte über keinerlei Bildung. Er war eindeutig nach dem Atomschlag geboren und demnach nicht älter als sie selbst. Chenoa ließ den Rucksack los, richtete sich kurz auf und krümmte sich vor dem Typen zusammen. Fingierte Schmerzlaute kamen ihr über die Lippen und sie verzog das Gesicht. Dann wiederholte sie ihre Frage. »Schmerzen? Du hast doch Schmerzen, ich kann dir helfen.« Sie bückte sich und kramte in ihrem Rucksack, der nur die überlebenswichtigen Dinge für die Reise enthielt. Schließlich holte sie eine kleine, grüne Flasche hervor und hielt sie ins Tageslicht. Jetzt erst schien der nackte Mann zu verstehen. Er nickte heftig, ließ das Mobiltelefon an seiner Schnur zurück auf die abgemagerte Brust sinken und streckte nun beide Hände nach der Flasche aus.

»Ja, WEH viel WEH. Kannst du wegmachen?«

Chenoa drückte blitzschnell das Fläschchen zurück an ihren Körper. »Das kann ich«, sagte sie entschlossen. »Ich will auch nichts weiter von dir haben. Sag mir nur, woher du die Sachen hast, die du um den Hals trägst.« Sie deutete auf das kaputte Handy, das er ihr zuvor angeboten hatte. Der Nackte rollte mit den Augen, anscheinend konnte er auch nicht mehr richtig sehen. Mangelernährung, auch das wusste Chenoa aus einem ihrer Bücher, trübte die Linse eines menschlichen Auges und zerstörte sogar die Netzhaut. Gerade, als er ansetzte, etwas zu sagen, entdeckte er Pony. Das Tier knabberte immer noch an dem Bäumchen. Die grünen, saftigen Blätter schienen ihm bestens zu schmecken.

»Fleisch«, brabbelte er, zog die Pistole aus dem Holster und wankte auf die Straße. »Fleisch – Hunger!«

Die Blonde ließ das Fläschchen blitzschnell wieder in ihrem Rucksack verschwinden, schnellte wie ein Pfeil auf den hageren Typen zu und warf ihn zu Boden. Klick machte die Pistole. Sie hätte niemanden mehr töten können. Vermutlich befand sich keine Munition im Lauf. Der Mann wirkte völlig entkräftet, er fühlte sich federleicht unter Chenoas Griff an. »Nein, kein Fleisch«, erklärte sie schweratmend dem Nackten. »Das ist ein Pferd, es gehört MIR, und es soll leben.«

Vorsichtig lockerte sie ihre Finger und erlaubte dem Fremden aufzustehen. Keuchend, mit dem immensen Gewicht um den Hals, erhob er sich. Sein Atem verströmte den süßlichen Geruch des Todes. Eventuell, so vermutete Chenoa, litt er bereits an einer schweren Magenerkrankung. Es war Zeit zu handeln. Sie stützte ihn und brachte ihn zurück in seine improvisierte Unterkunft. Dort glitt der Mann zu Boden und starrte sie an.

»Woher hast du all die Dinge, die du um den Hals trägst«, wiederholte Chenoa. »Wenn du mir das erklärst, dann geb ich dir was gegen das WEH, versprochen.«

»WEH«, wiederholte er und legte dabei die knochendürren Finger auf seinen leichtgeblähten Bauch. »Zauberapparat hab ich eingetauscht gegen Glas. Städter waren hier, haben mir gesagt, sie machen Strom aus Wasser und dann Apparat funktioniert wieder. Du kannst reden mit andere Menschen, weit entfernt.«

Chenoa nickte. Sie wusste, was ein Handy war. Aber sie wusste auch, dass Strom allein nicht die Lösung für die Funktion eines Mobiltelefons darstellte. Der Hinweis allerdings, dass Städter wohl versuchten, ein Wasserkraftwerk zu errichten, war für sie extrem wertvoll. Ob es sich wohl um eine Gruppe Städter vom großen

Fluss handelte oder gar um Siedlergruppen aus der Gegend, von der sie keine Ahnung hatte? Auf jeden Fall wurde ihr schlagartig bewusst, dass dieser Fußmarsch nicht ungefährlich werden würde. Wer oder was auf den ehemaligen Straßen unterwegs war, konnte sie nur erahnen, in Anbetracht des nackten Sammlers, der vor ihr auf dem Boden kauerte.

»WEH, WEH«, jammerte er. Dann ergriff er ein rotes Glaskreuz, das ebenfalls an einer Schnur um seinen Hals gebunden war, und hielt es ihr entgegen. »Gott hilft«, stammelte er aus seinem zahnlosen Mund. »Kennst du Gott? Er regelt alles für uns. Ist ein Geist, unsichtbar. Mensch hat keine Schuld, darf alles machen auf Erden. Darf auch die verdammten Viecher auffressen, bevor sie uns auffressen. Gott lenkt uns, das sagt der Heilige. Der haust in Ruine von Kirche. Manchmal bringt er Fleisch – Ratte – schmeckt gut. Kennst du?«

Chenoa lächelte den dürren Mann an. Sie hatte auch davon gehört, dass sich Nagetiere wie Mäuse und Ratten wieder heimisch fühlten nahe menschlicher Behausungen. Überwiegend ernährten sich die Nager von Früchten und Nüssen, aber sie verschmähten auch nicht die Kadaver von ihresgleichen. Sie trugen viele Krankheitskeime in sich und waren alles andere als gesund, was sich in Anbetracht des Mannes vor ihr zu bestätigen schien. Auch das war ein Grund, warum Chenoa vor zwei Jahren beschlossen hatte, in den Wald zu ziehen, weit weg von Ruinen und Überresten der vergangenen Zivilisation. Zum einen würde man sie dort schwer finden, zum anderen hielt der Wald immense Vorteile für seine Bewohner bereit, wenn man sie kannte und bestimmte Regeln einhielt. Was sie da aber gerade erfahren hatte, trübte ihre Zuversicht immens. Anscheinend etablierte sich schon wieder der verlockende Gedanke unter den wenigen Überlebenden, dass es da ein höheres Wesen gab, welches sie von ihrer Verantwortung für den Lebensraum entband. Chenoa hatte in ihrer geschützten Hütte viel darüber gelesen. Einige der Religionen, die es vor dem Krieg gegeben hatte, hoben den Menschen auf eine übergeordnete Stufe und verliehen ihm Rechte, die letztendlich zur Katastrophe geführt hatten. Schon bevor die erste Atombombe im Jahr 2025 die ehemalige Ukraine traf, war die Menschheit am Rande ihrer Auslöschung gestanden. Wassermangel, Artensterben, Klimakatastrophen hatten sie selbst verursacht, da ihre Gier nach den kompletten Ressourcen des Planeten sogar im Angesicht der eigenen Ausrottung unstillbar weiter existierte. Der Atomkrieg schien nur das »I-Tüpfelchen« auf der Überheblichkeit einer Spezies zu sein, die die Regeln von Mutter Natur mit Füßen trat. Die Chancen auf ein Leben in der jetzigen Zeit standen nur für diejenigen gut, die sich den Gesetzen des Ökosystems gnadenlos anpassten und bereit waren, Neues zu lernen. Ein Glaskreuz, das man um den Hals trug, würde dabei nicht helfen. Aber sie sparte es sich, dies dem abgemagerten Individuum vor ihr zu erklären.

»Nein, ich kenne keinen Gott«, antwortete sie ihm, zog das randvoll gefüllte Fläschchen wieder aus dem Rucksack und entkorkte es. »Und ich will ihn auch nicht kennenlernen. Trink, dann verschwinden dein Hunger und dein WEH«, murmelte sie. Tränen drängten sich dabei in ihre Augenwinkel. Der Typ tat ihr leid. Ohne Schutz und Bildung in diese jetzige Welt geboren zu werden, glich ohnehin einem Todesurteil. Sie beobachtete, wie er einen Schluck aus der Flasche nahm und einen Moment die Mundwinkel verzog. Chenoas Notfallmischung enthielt die tödlichen Samen der Eibe, Tollkirsche, weißen Schierling, Mohn und Baldrianwurzel. Es würde nicht lange dauern, bis er erlöst wäre von dem würdelosen Leben in den Ruinen einer ehemaligen Kleinstadt. Sofort setzte er das Fläschchen nochmal an die Lippen. Behutsam nahm es ihm Chenoa ab. Sie durfte die Notfallration nicht komplett an den Fremden vergeuden. Schließlich wusste sie nicht, was ihr auf der Reise noch alles zustoßen würde. Giftpflanzen mit ihren Alkaloiden und beruhigende, schmerzstillende Pflanzenstoffe stellten den Notanker dar, zumindest für ihre Gruppe.

Der Dürre begann zu lächeln. Nur wenig später wurden seine Augen glasig. Kurz presste er nochmal die Hände auf den Bauch, dann sank er zurück in einen unruhigen Schlaf. Rasselndes Schnarchen, begleitet von einem üblen Atemgeruch, drangen zwischen den Lippen hindurch. Kurz darauf begannen die Krämpfe, die seine dünnen Glieder zucken ließen, aber das bekam er nicht mehr mit.

Die Sonne war bereits um eine Spur weiter nach Westen gerückt, als der Fremde seufzend einen letzten Atemzug tat. Er hatte es überstanden. Chenoa zog ihm ein ehemaliges Mobiltelefon von den Schultern, ebenso eine zerbrochene Armbanduhr, die schon lange keine Zeit mehr anzeigte. Den Glasschmuck ließ sie dem Toten. Die Wölfe würden ihn trotzdem bis auf die Knochen zerlegen, dessen war sie sich sicher. Der Geruch würde die Viecher aus dem nahen Wald anlocken. Deswegen entschloss sie sich, schnell weiterzuziehen. Sie hatte ohnehin viel wertvolle Zeit verloren. Denn noch vor der

Abenddämmerung wollte sie die Tagesetappe, eine weitere Kleinstadt im Südwesten erreichen. Auf ihrer improvisierten Landkarte stand, dass der Ort Regen geheißen hatte, genauso wie der flache Fluss, der auch nahe ihrer Behausung sein wertvolles Nass durch die dichten Waldgebiete beförderte.

Pony ließ sich völlig ohne Widerstand einfangen und bald trottete er mit dem Gepäck auf dem Rücken brav hinter Chenoa her. Sie mussten noch eine Strecke von zwölf Kilometern bewältigen, das hatte die Blonde mit Hilfe eines Stöckchens mit Kerben darauf aus ihrer Karte herausgelesen. Sie hatte einen langen Weg vor sich. Die gefürchtete Abenddämmerung rückte näher und da sie keine Ahnung hatte, in welchem Zustand sich die ehemalige Straße befand, auf der sie die nächste Kleinstadt erreichen wollte, musste sie sich beeilen. Wie froh wäre sie jetzt, das Fahrrad zu nutzen, das die Kinder ihrer Siedlung gefunden hatten. Aber die asphaltierten Straßen, durch die sich nach fünfundzwanzig Jahren Nutzlosigkeit teils armdicke Gehölze geschoben hatten, verhinderten ein rasches Vorankommen mit einem Drahtesel. Die ehemaligen Verkehrswege glichen Buckelpisten. Zu Fuß und mit einem Pony hinter sich, waren sie aber zu meistern.

***

Nach etwa einer Stunde Marsch schlängelte sich der Fluss Regen wieder in die Nähe der Straße und wurde breiter. Parallel zum Fließgewässer gesellte sich nun auch die ehemalige Bahnlinie. Im Dorf unterhalb der Waldsiedlung, in der sie lebte, stand eine alte Dampflok auf den Gleisen des Bahnhofs. Sie hatte den Krieg und den Winter nahezu unbeschadet überstanden. Wie oft hatte sie sich gewünscht, das schwarze Ungetüm würde wieder zum Leben erwachen. Aber selbst, wenn jemand aus ihrer Gruppe in der Lage wäre, das Ding zu reparieren, dann käme es nicht weit. Denn das Gleisbett war beschädigt. Und hier, zwischen Zwiesel und Regen, wo die alte Bahnstrecke nahe am Fluss verlief, war es besonders schlimm. Chenoa erkannte über das Gewässer hinweg, dass über viele Meter Schienen herausgebrochen waren. Auch die Holzschwellen, auf denen die schweren Eisenschienen lagen, fehlten auf weiten Streckenabschnitten. Irgendjemand hatte das Material wohl gebrauchen können, doch wer? Siedelten hier vielleicht unbekannte, größere Gruppen? Vielleicht sogar die Leute, die ein Kraftwerk zur Stromerzeugung errichten wollten? Handelte es sich um Veteranen mit einem ausgeprägten Wissensschatz oder um junge Menschen, so wie sie? Waren sie gefährlich?

Vorsichtig näherte sie sich der ehemaligen Bahntrasse und begutachtete den Raubbau. Sie schluckte. Was hatte der dürre Nackte gesagt? Mensch hat keine Schuld, darf alles machen auf Erden. Was, wenn es inzwischen wieder Siedler gab, die sich genau diesen Wahlspruch auf die Fahne geschrieben haben? Menschen mit einer derartigen Einstellung nahmen sich, was sie gebrauchen konnten.

Sie marschierte weiter. Rechts von ihr führten grobe Schleifspuren ausgehend von der Bahnlinie durch den flachen Fluss, bis hin zur Straße. Büsche und Sträucher waren rücksichtslos niedergedrückt worden. Die Angst, das Tagesziel nicht mehr zu erreichen, nistete sich im Kopf der Blonden ein. Denn vor ihr tat sich nun ein Schlund auf. Jemand hatte die Straße aufgerissen.

Ein Graben von gut fünf Meter Tiefe verhinderte ein Fortkommen. Das Rinnsal aus Wasser hatte den Boden darin in Schlamm verwandelt. Pony stoppte. Das Tier schien ein erstaunliches Gespür für Gefahren zu besitzen. Sie war nicht mehr allein unterwegs – das spürte sie deutlich. Wohin sollte sie sich wenden? Chenoa zog ihre selbstgezeichnete Karte aus dem Rucksack und versuchte die Orientierung zu erlangen. Ihr zitternder Zeigefinger fuhr über die Linien, die sie auf dem Blatt Papier gezeichnet hatte. Ihre Augen schätzten die Himmelsrichtung anhand des Sonnenstandes ein. Die Straße zu verlassen und sich quer durch dicht bewuchertes Gebiet zu schlagen, wäre jetzt um diese Uhrzeit immens gefährlich. Nicht weit vor ihr, vielleicht noch drei Kilometer entfernt, vermutete sie die ehemalige Kleinstadt Regen. Nach Süden auszuweichen, machte wenig Sinn. Sie wusste nicht, wohin und wie weit dieser Graben führen würde. Also blieb ihr nur eine Möglichkeit. Sie musste versuchen, mit dem Pony den Fluss und auch die marode Bahnlinie nach Norden hin zu überqueren und von dort querbeet auf den Ort zuzuhalten. Dabei konnte sie nur hoffen, dass der tiefe, menschengemachte Graben am Fluss endete. Nach Chenoas Verständnis würde er das auch, denn das Gelände Richtung Norden war ansteigend. Vorsichtig verließ sie die Straße und zog Pony auf das unwegsame Flussufer zu. Doch das Vieh stoppte abrupt und zog mit den Kräften einer Pferdestärke rückwärts. Es stemmte die Hufe kräftig in den Boden. Chenoa hatte keine Chance. Das Tier war ihr eindeutig überlegen. Schmerzhaft fuhr ihr das Kabel, das als Führstrick diente, durch die Handfläche. Sofort quoll Blut aus der aufgeschürften Haut. Instinktiv entfuhr der Blonden ein kurzer, heiserer Schrei, obwohl ihr bewusst war, dass ihr Verhalten zu Problemen führen könnte. Man wusste schließlich nie, wer oder was in dieser unbekannten Gegend die Lauscher auf Empfang stellte. Doch für rationale Überlegungen war es ohnehin zu spät. Das Pony wendete panisch und galoppierte mit ihren Wertsachen und Vorräten auf dem Rücken gen Osten davon. Sie hörte den Hufschlag auf dem aufgebrochenen Asphalt. *Hier ist mehr im Busch als ein Graben, der die Straße zerstört hat*, fuhr es Chenoa durch den Kopf. *Das Vieh spürt die Gefahr deutlicher als ich und haut endgültig ab.* Sie führte die verletzte Hand an den Mund und saugte die salzige rote Flüssigkeit auf, die immer noch dick unter der Haut hervorquoll. Wölfe oder auch Luchse konnten das meilenweit wittern. Ihre Gedanken wurden jedoch jäh unterbrochen.

»Wo willst du hin? Und was treibst du in diesem Gebiet?«, raunte ihr eine tiefe, männliche Stimme zu. Es knackte im Unterholz, dann brach ein kräftiger Mann durch die Zweige und baute sich vor ihr auf. Chenoa erschrak. Der Typ überragte sie um zwei Köpfe, trug ehemalige Militärklamotten und sogar Lederstiefel. Schwarze und grüne Streifen verliehen seinem Gesicht ein martialisches Aussehen. Vermutlich handelte es sich um Tarnfarben - Relikte aus der Vorkriegszeit – und ... er trug ein Gewehr bei sich. Chenoa erkannte die Waffe sofort. Das war keine simple Jagdflinte, sondern ein Sturmgewehr der damaligen Bundeswehr. Erinnerungen überfluteten sie. Im Bunker, in dem sie zusammen mit etlichen Familien und ihren Eltern den nuklearen Winter überlebt hatte, hatte es eine Waffenkammer gegeben. Die war voll gewesen mit den Dingern, vor denen sie sich als Kleinkind gefürchtet hatte.

Ihr Vater hatte ihr erklärt, dass es sich um ein G36 handelte, ein vollautomatisches Sturmgewehr, treffsicher und tödlich. Er wollte ihr noch zeigen, wie man es benutzte. Das laute Rattattattatta klang ihr noch heute in den Ohren, wenn man im Freien bei guten Wetterbedingungen Schießübungen veranstaltete. Aber dazu war es nicht mehr gekommen. Ihr Vater starb, noch bevor er ihr das Ballern beibrachte, unter schlimmen Schmerzen. Das eingelagerte Morphium in den Bunkern war zu Ende gegangen.

»Bist du taub oder gehörst du zu den Wilden, die nicht mal reden können?«, hakte der furchteinflößende Mann nach. Ein verächtliches Lächeln fuhr ihm über die Lippen, als er Chenoas Kaninchenfell um die Schultern registrierte. »Ich glaub, ich spinne. Ich hab tatsächlich eine Wilde aus dem Wald gefunden. Da wird sich der Chef freuen«, grölte er. »Ich Mensch – du Katze? Verstehst du, was ich sage?«

Grellrote Wut stieg in Chenoas Magen die Speiseröhre hoch. Wieder einmal zeigte sich, dass einige Exemplare der vermeintlich höchsten Lebensform dieses Planeten, selbst nach einer derart verheerenden Katastrophe, nicht hinzuzulernen vermochten. Aber das G36, das an einem olivfarbenen Gurt um seine kräftigen Schultern baumelte, verhinderte eine bissige Antwort auf die Abfälligkeiten des Mannes.

»Ich verstehe jedes Wort von dir«, sagte sie so unbeteiligt, wie es ihr nur möglich war. »Ich bin auf dem Weg zum großen Fluss und darum durchquere ich dieses Gebiet.«

Der Typ mit dem Sturmgewehr wirkte einen Augenblick überrascht von ihrer Schlagfertigkeit. Deswegen verschränkte sie in einer selbstbewussten Geste die

Arme vor ihrer Brust und setzte hinzu: »Nenn mir einen Grund, warum ich dieses Gebiet nicht durchwandern sollte?«

Das Gesicht des Hünen verzog sich belustigt. »Wow, eine Wilde die reden kann, sogar besser als der Nackte aus Zwiesel, den wir als Vorposten rekrutiert haben. Sag, bist du ihm begegnet? Hat er dir eine Ratte zum Lunch angeboten?«

Wieder drängten sich Worte des Widerstands in der Blonden nach oben. Aber keines davon verließ ihre Lippen. »Ich weiß nicht, wovon du sprichst«, schleuderte sie dem Mann entgegen. Dass es den nackten Mann mit den vielen Ketten um den Hals gar nicht mehr gab, würde der Rohling vor ihr nicht aus ihrem Mund erfahren. »Aber wenn du schon mal da bist, kannst du mir sicher den Weg zeigen nach Regen. Ich habe vor dort zu schlafen, bevor die Wölfe kommen.« Augenblicklich scannte sie das grotesk geschminkte Gesicht ihres Gegenübers. Hatte ihre Haltung Selbstbewusstsein erzeugt? Sie war sich nicht sicher. Denn nun entfuhr dem Bewaffneten ein grölendes Lachen. Er zog mit der rechten Hand schwungvoll das Sturmgewehr von seinen Schultern und präsentierte es ihr wie ein Guerillakrieger.

»Wölfe? Die kleine Wilde aus dem Wald fürchtet sich vor Wölfen?« Er klatschte sich die freie linke Hand an die Brust. Das Geräusch tönte laut durch die verwilderte Flusslandschaft. »Die Drecksbiester wagen sich bestimmt nicht in die Nähe unseres Stützpunkts. Die knallen wir alle ab und nähen uns Teppiche aus deren Fellen.«

Chenoa zwang sich dazu, keinerlei Emotionen preiszugeben. »Wie praktisch«, bemerkte sie trocken.

»Können wir jetzt trotzdem losgehen? Der Abend naht.«
Mit diesen Worten setzte sie sich in Gang, in Richtung
des Flusses. Doch die Pranke des Mannes packte sie an
der Schulter und stoppte sie. Insgeheim hatte sie bereits mit so einer Reaktion gerechnet, dennoch versuchte sie, ruhig zu bleiben. Einen Augenblick überlegte sie, blitzschnell das Jagdmesser zu ziehen. Aber
der Typ in der Uniform war groß und kräftig. Ihn mit
einem einzigen Stich zu töten wäre blanke Utopie. So
ruhig, wie es ihr noch möglich war, drehte sie sich zu
ihm um. Ihre Taktik, sich mit klaren Worten Respekt
zu verschaffen, würde hier nichts nützen. Also würde
sie sich erst einmal dumm stellen. »Ich habe trotzdem
Angst vor den wilden Tieren und will hier weg«, sagte
sie unbeteiligt, das innerliche Brodeln ihrer Wut unter-
drückend. Die Antwort, die sie bekam, verwunderte sie
nicht sonderlich.

»Du gibst hier nicht den Ton an, kleine Wilde. Du
kommst mit mir. Ich stelle dich dem Chef vor. Der ist
auf der Suche nach sowas wie dir.«

Und schon schubste er sie in Richtung Westen,
durch zusammengetretenes Gebüsch hindurch, auf
den Graben zu, der die Reste der ehemaligen Straße
unpassierbar machte. Eine simple Leiter aus Holz
führte hinab und wenig später brachte sie der bewaffnete Mann in eine Welt, von der Chenoa nichts geahnt
hatte. Damals, als sie mit den grauen Zwillingen und
den beiden jungen Männern Inyan und Yaci von den
Bunkern des völlig zerstörten Luftwaffenstützpunkts
bei Neuburg an der Donau losgezogen waren, hatte das
Flussufer sie weit in den Osten geführt, bevor sie an der
Grenze zur ehemaligen Tschechei tief in die Wälder ein-
drangen, die zu ihrer neuen Heimat werden sollten.

Deswegen war ihr diese Gegend hier fremd. Voller Hoffnungen waren sie damals gestartet, hatten ihre weltlichen Namen, die an furchtbare Zeiten in den Bunkern erinnerten, abgelegt, um dem Leben eine Chance zum Neustart zu geben. Ein Leben im Einklang mit der Natur sei das Einzige, was jetzt noch zähle, hatte ihre verstorbene Mutter oft gepredigt. Die grauen Zwillinge, beides Kriegsveteraninnen, hatten dem zugestimmt. Nie würde sie den Tag vergessen, als die alte, stumme Anuk, die früher einmal Barbara geheißen hatte, mit ihrer Zwillingsschwester an der Hand an ihr Lager getreten war und ihr den Zettel überreichte, auf dem stand: Lass uns gehen, wir ziehen in die Wälder. Dort haben wir eine Zukunft. Und jetzt? Würde ihr Lebenstraum hier enden? Weil dieser »Chef«, wer immer das auch sein mochte, in ihr ein Sexspielzeug sah? War Friede einfach nur ein Wunschtraum und unter den Menschen gar nicht möglich? Chenoa fror, während sie mit dem Bewaffneten den Graben entlangwanderte, dessen Zweck sie noch nicht begriff.

***

All die Eindrücke blendeten Chenoas Verstand. Da sie nach dem Krieg geboren war, kannte sie keine geschmackvoll eingerichteten Wohnhäuser und schon gar keine Hotels oder Pensionen, die den damaligen Menschen zur Erholung dienten. Jetzt saß sie im Raum eines nahezu intakten Hauses. Über ihr spannte sich eine Gewölbedecke, gestützt von dicken, glänzenden Säulen, durch die nicht einmal Risse verliefen. Die riesigen Fenster, die das schwindende Tageslicht noch perfekt ins Innere leiteten, bestanden nicht mehr aus

Glas, sondern aus irgendeinem klaren Kunststoff. Die Wände waren mit Holzbrettern verkleidet, sauber geschnittene Holzschwarten, die guterhaltenes Werkzeug für ihre Herstellung voraussetzten. Es gab einen Kamin aus Stein, in welchem dicke Holzscheite nur darauf warteten, sich in knisterndes Feuer zu verwandeln. All die Annehmlichkeiten verblassten jedoch vor der Qualität der Möbel, die eindeutig aus Zeiten vor dem Krieg stammten. Bequeme, stoffbezogene Sessel, stabile Holztische und Stühle mit Schnitzereien, füllten den großen Raum. Die Waldlerin war nicht in der Lage, ihr grenzenloses Erstaunen völlig zu verbergen. Der Dicke, mit Namen Gerhard Müller, der ihr gegenüber in einem grünen Polstersessel lümmelte, schien das zu spüren.

»Willkommen in der Pfeffermühle«, näselte Müller mit einer Fistelstimme, die gar nicht so sehr zu seiner Erscheinung passen wollte. »Gefällt es dir hier? Das Gebäude hat, bis auf ein paar Kleinigkeiten, die ganze Scheiße gut überlebt.« Sein fleischiger, rechter Arm, der in einer Art Uniformhemd steckte, vollzog eine Halbkreisbewegung. »Die Fenster hat es natürlich irgendwann rausgehauen, aber im Ort drunten haben meine Männer ein Lager entdeckt, voll mit Baumaterialien. Polycarbonatscheiben, Spanpressplatten und sogar Bauschaum.« Er gluckste belustigt. »Aber, was erzähle ich dir da, blondes Engelchen. Du bist ein armseliges Kind, das in eine gottlose Welt geboren wurde. Woher solltest du Baumaterialien kennen, die vor dem Krieg etwas vollkommen Banales darstellten?« Nun wies seine Hand im Halbkreis durch den Raum. »Das hier war mal ein beliebtes Ausflugslokal. Hierher fuhren Familien am Wochenende mit den Kindern und genossen gebratene Hirschkeule oder saftige Schweinerippchen vom Grill. Dazu gab es herbes Bier und Wein. Das Gebäude dürfte locker hundert Jahre alt sein, deutsche Wertarbeit, die selbst der beschissene Krieg nicht zu zerstören vermochte.« Er grölte kurz und belustigt auf. »Gut, die Schockwellen der Ruskyböller, die den herrlichen Süden unseres Bayernlandes in eine Mondlandschaft verwandelt haben, schafften es nicht bis hierher. Aber trotzdem bin ich überzeugt von der Qualität der Bausubstanz. Der ganze billige Mist, den man hier noch 2022 hochgezogen hat, um irgendwelchen Ausländern Unterschlupf zu gewähren, hat den Krieg nicht so gut überstanden. Die sind alle eingestürzt. Deswegen bin ich auch zurückgekehrt in die Pfeffermühle, die mir meine Eltern vererbt haben. Hier war ich besser aufgehoben als in einem Bunker. Vorräte gab es im ehemaligen Wirtshaus genug und warm war es auch. Vor dem Krieg war ich bei der Polizei, wenn du weißt, was das ist. Die Polizei sorgte für Recht und Ordnung. Dinge, die es jetzt nicht mehr gibt und die man wieder herstellen muss. Meine Frau, die ich vor dem Krieg in einer echten Kirche geheiratet habe, ist leider verstorben während des langen Winters. Irgendwann wurde sie immer dünner, dann hat sie das ganze Essen rausgekotzt und lag eines Morgens mit ungewöhnlich kühler Körpertemperatur auf dem Feldbett. Wir hatten sogar zwei Schäferhunde als der Krieg losbrach, aber die haben es auch nicht geschafft. Dann gab es noch zwei jüngere Schwestern, die meine Fürsorglichkeit nicht zu schätzen wussten – glaub nicht, dass sie noch leben. Ich bin jedenfalls übriggeblieben.«

Chenoa hörte dem Mann stumm zu. Gerhard Müller war ein Veteran, sie schätzte ihn auf über Fünfzig. Ein feines Pfeifen, das tief aus den vermutlich angeschlagenen Lungen tönte, verlieh seinen Worten einen seltsamen Klang. Noch feilte sie in Gedanken an den passenden Antworten, die er sicherlich bald von ihr einfordern würde. Sie würde sich dumm stellen und die Wilde spielen. Was er von ihr wollte, lag leider klar auf der Hand. Aber was führte er mit diesen Bewaffneten im Schilde? Sie hatte fast alles verstanden, auch wenn sie den Begriff Polycarbonat oder das Wort Ausländer noch nie gehört hatte. Was ein Schäferhund war, das wusste sie. In einem ihrer wertvollen Bücher hatte sie über ehemalige Haustiere viel gelesen. Die engen Verwandten der grauen Bestien, die ihre Gruppe im Wald täglich bedrohte, waren einst beliebte Hausgenossen gewesen. Auch Katzen hatte es gegeben, kleinere Ausgaben der wilden Varianten, die sich im Urwald wieder rapide vermehrten. Aber sie hatte derartige Viecher noch nie zu Gesicht bekommen. Ob es wohl irgendwo noch welche davon gab?

»Hast du Hunger?«, riss sie der Dicke in seinem Sessel plötzlich aus den Gedanken. »Du hast doch schon ewig nichts mehr gegessen, Engelchen. Du bist mager. Weißt du was? Jetzt bekommst du erst mal leckeren Fisch vom lieben Gerhard serviert, und dann erzählst du mir etwas von dir. Ich sterbe vor Neugierde, woher du stammst und wie du diese beschissenen Zeiten meisterst. Pawliczek, der dich am Graben geschnappt hat, berichtete mir schon, dass du unsere Sprache beherrscht. Wie heißt du eigentlich?«

Gerhard Müller klatschte in die Hände. Ein in Oliv gekleideter Mann betrat sogleich durch eine nachträglich eingebaute Metalltüre den Raum, betrachtete die stummen Gesten seines Chefs und verschwand wieder. Bald darauf durchzog der unwiderstehliche Geruch von gebratenem Fisch das Gebäude. Die Blonde konnte nicht anders. Ihr lief das Wasser im Mund zusammen. Sie litt wirklich großen Hunger.

»Ich heiße Chenoa«, antwortete sie so ausdruckslos, wie es ihr nur möglich war.

Sofort verzog Gerhard Müller das aufgedunsene Gesicht. »Ich wollte deinen echten Namen hören, Engelchen, nicht diese unchristlichen Indianerbegriffe, die unter den Jungen zur Mode wurden. Wie hat dich denn deine Mutter genannt? Ingeborg, Raffaela, oder …«

»Ich heiße Chenoa«, fuhr sie dem Dicken nun ins Wort, in der Hoffnung, das Thema möglichst rasch zu beenden. »Es gibt keinen anderen Namen«, log sie nüchtern. Dass sie im Jahr 2024 als Tochter von Karl und Jasmin Hässler in den Bunkeranlagen bei Neuburg geboren worden war und früher Roberta genannt wurde, blieb ihr Geheimnis.

»Du armes Ding«, näselte Müller nun. »Dann hast du deinen deutschen Namen in all den Kriegswirren nie erfahren. Vermutlich ist deine Mutter schon krepiert, bevor du reden konntest, hab ich recht?«

Gerade, als der Waldlerin eine scharfe Antwort entfleuchen wollte, betrat der Uniformierte von vorhin wieder den Raum. Er balancierte zwei verbeulte Blechteller auf den kräftigen Händen, auf denen je eine dunkel gebratene Forelle lag. Ohne Chenoa anzuschauen, überreichte er ihr einen der Teller. Im Fisch steckte sogar eine leicht verbogene Gabel. Den zweiten Teller stellte er mit einer angedeuteten Verbeugung auf den Tisch vor Gerhard Müllers Sessel. Dann verschwand er lautlos. Chenoa konnte nicht anders. »Danke«, brachte sie hervor. Sie stach die Gabel in die krosse Haut des

Fisches und pulte das weiße, zarte Fleisch heraus. Ihr lautes Schmatzen erfüllte die Stube der Pfeffermühle.

Müller tat es ihr gleich. Er ließ sich die Forelle schmecken, obgleich er keinen ausgehungerten Eindruck erweckte. »Das hier ist erst der Anfang«, murmelte er kauend. »Fette Fische, die wir dem Fluss Regen mit einem Netz abtrotzen, gehören dem Müllerland bereits, Engelchen. Davon haben wir mehr als genug. Aber bald wird es auch wieder Wildbret geben, dazu Kartoffeln und Mohrrüben. Unten an der Donau, da sollen ein paar Wilde hausen, die Samen und Knollen besitzen. Da schicke ich demnächst meine Männer vorbei, mit den Bleispritzen. Wenn es laut kracht, rennen die wie die Hasen davon. Und dann gehört mir der Schatz, den sie aus dem Boden buddeln.«

Der Bissen, den Chenoa genüsslich kaute, drohte ihr im Hals steckenzubleiben. Was hatte der Dicke da eben gesagt? Die drohende Gefahr, die von Gerhard Müller ausging, konnte sie gerade beinahe riechen. Trotzdem beherrschte sie sich meisterhaft. Mit einem Klacken legte sie die Gabel auf den Blechteller zurück und stellte die Reste ihres Mahles auf dem Tisch ab. Sie verschränkte die Arme vor der Brust und starrte den Kriegsveteranen an.

»Das war gut«, sagte sie zu ihm. »Aber ich bin auch neugierig. Warum haben Sie den Graben quer über die Straße gebuddelt? Und wieso gehören dem Müllerland die Fische aus dem Fluss?« Sie runzelte die Stirn. »Warum nehmen sie den Siedlern das Essen weg? Uns Menschen gehört doch nur, was uns die Natur gibt, oder etwa nicht?«

Grölendes Lachen entfuhr dem Dicken. Diese Frage erschien ihm augenscheinlich völlig deplatziert.

»Engelchen, du hast keine Ahnung von einem wahren christlichen Leben. Die alte Ordnung muss wieder her, und dazu braucht es Männer wie mich, die wissen, wie man den Pöbel lenkt.«

Nun stellte auch er seinen Teller ab, auf dem außer dem Fischkopf und ein paar Gräten nichts mehr Essbares lag und rülpste ungeniert. Dann erhob er sich aus dem Sessel. Sein Körper wirkte unförmig, schwächlich und krank. Aber das schien Gerhard Müller, der sich Chef nannte, auszublenden. Er wankte ein paar Schritte auf Chenoa zu. Einen Meter vor ihr blieb er stehen.

»Der Graben ist ein Meisterwerk meiner Leute. Er hat mehrere wichtige Funktionen. Zum einen dient er als unabhängiger Verbindungsweg und stoppt Eindringlinge, welche die alte Straße benutzen. Man kann ihn jedoch auch dazu nutzen, den Fluss umzuleiten. Wenn diese Wilden, die sich im Westen immer mehr breitmachen, nicht mitspielen, dann dreh ich ihnen den Wasserhahn zu. Es gibt auch schon Pläne für ein Wasserkraftwerk, Engelchen. Dann gibt es im Müllerland Strom, und ich werde auch der Erste sein, der Ethanol herstellt.« Seine fleischige rechte Hand wies zum Südfenster, hinter dem inzwischen die Schatten der Nacht sichtbar wurden. »Da draußen parken alte Traktoren und Landmaschinen in den verlassenen Bauernhöfen. Die Motoren vertragen Ethanol und dann Engelchen ...« Er strahlte übers ganze Gesicht. Dabei entblößte er eine hässliche Zahnlücke. Flink überwand er den letzten Meter, schlang seine Arme um die überrumpelte Chenoa auf ihrem verschlissenen Sitzmöbel und gab ihr einen Kuss. »Dann lade ich dich zu einer Spritztour ein. Wir beide werden die ersten Menschen sein, die nach den Drecksbomben wieder auf einer Straße fahren, zu Hause elektrisches Licht haben und anständiges Essen genießen. Na? Was sagst du? Überwältigt? So eine Chance kriegt nicht jede Wilde, aber du gefällst mir sehr.«

Ekel, vermischt mit Angst, brachten Chenoas Magen zum Kochen. Einen Moment dachte sie, dass sie die Forelle erbrechen müsse. Allerdings verfügte die Blonde über eine große Portion an Beherrschung, die ihr bisher oftmals das Überleben gesichert hatte. Der Dicke würde sie hierbehalten und vergewaltigen, so oft ihm danach war, das stand fest und außer ihrem scharfen Jagdmesser gab es der schrecklichen Tatsache wenig entgegenzusetzen. Selbst wenn sie ihm die Klinge erfolgreich unterhalb der nicht sichtbaren Rippen in den feisten Wanst stoßen würde, wäre ihr Leben vorbei. Müllers Leute verfügten über Schusswaffen. Was würde aus Baba, Mausezahn und all den anderen Siedlern werden, die im Wald so hoffnungsvoll in die Zukunft schauten? War es ein Fehler gewesen, ohne männliche Begleitung die lange Wanderung anzutreten? Von den grauen Zwillingen wusste sie, dass Frauen vor dem Krieg per Gesetz dieselben Rechte wie ein Mann genossen hatten. Gesetze – zumindest menschengemachte – gab es nicht mehr. Es galten die Regeln des Stärkeren. Im Wald, dort wo Chenoa sich zu Hause fühlte, regierten die Wölfe mit simplen Statuten. Mit ihnen zu leben war leicht, zumindest wenn man sich als Waldler der Natur anpasste. Hier, in Müllers Reich, galten die Richtlinien eines einzelnen Mannes, der sich nehmen würde, was er wollte. Hatte denn die Menschheit nach all den Katastrophen, die ihr Handeln heraufbeschworen hatte, nichts dazugelernt? Ging das Chaos mit

Machthabern und Kriegen hier von vorne los? Chenoa hatte nicht alle Begriffe verstanden, die der Dicke ihr bei seinem Vortrag mit Stolz präsentiert hatte. Das Wort Pöbel beispielsweise war in keinem ihrer Bücher aufgetaucht. Aber sie vermutete bereits, was er damit meinte und ihr auf Hochtouren arbeitendes Gehirn erschuf gerade eine Überlebensstrategie. Sie war eine Frau und Müller sah in ihr eine Wilde. In diesem Glauben würde sie ihn ab jetzt lassen. Vielleicht gewährte ihr der Zufall früher oder später die Möglichkeit zur Flucht.

»Elektrisches Licht?«, fragte sie naiv nach. »Ethanol? Sie scheinen ein kluger Mann zu sein. Ich weiß nicht, was das ist. Aber Sie werden es mir bestimmt erklären.«

Wieder lachte Müller und baute sich stolz vor ihr auf. Er stank nach Schweiß und Krankheit.

»Langsam, Engelchen, das wirst du nach und nach von mir erfahren. Ich will doch deinen hübschen Kopf nicht mit technischem Kram belasten. Freu dich, dass ab heute ein bequemeres, besseres Leben auf dich wartet. Und nun erzählst du mir, woher du kommst und wo du hinwolltest. Vielleicht kannst du mir ja ein paar nützliche Informationen liefern. Gibt es im Osten weitere Siedlungen?«

Er ließ sich auf der abgewetzten Sessellehne nieder und streichelte ihr über die Brust. Chenoa biss die Zähne zusammen.

»Ich ... ich ... weiß nicht«, stammelte sie gespielt. »Hab mich allein durchgeschlagen die letzte Zeit, nachdem meine Schwester starb. Wäre fast auch draufgegangen. Wollte zum großen Fluss und dann weiter durchs Flachland, mich irgendeiner Gruppe anschließen. Ohne Gemeinschaft ist das Leben ziemlich hart.«

Der Dicke kniff ihr in die Brustwarzen und küsste sie dabei aufs Ohrläppchen. »Dann hast du ja Glück gehabt, dass du meinem Frontmann Pawliczek in die Arme gelaufen bist. Onkel Müller passt ab jetzt auf dich auf.« Sein stinkender Atem beschleunigte sich. »Sag mal, Engelchen, hast du schon mal mit einem Mann … also … hat schon jemand versucht, dir ein Baby zu machen?«

Chenoa drängte den Würgereiz, der jetzt aus den Tiefen ihres Magens die Speiseröhre hinaufkroch, mit äußerster Beherrschung zurück. Sie lächelte Müller schief an. Wenn er Veteran war, müsste er die Lüge, die sie ihm nun auftischte, verdammt ernstnehmen. Medikamente gegen bakterielle Infektionen existierten nicht mehr und Menschen, die von Naturheilkunde nicht so viel wussten wie Chenoa, würden die Ohren alarmiert auf Empfang stellen.

»Da war ein Typ, ich habe ihn nicht richtig verstanden. Er hat mich auf der alten Straße angehalten. Dann hat er etwas ganz Komisches da unten mit mir gemacht. Ich glaube, der wollte mir ein Baby machen.« Gespielt unsicher deutete sie auf ihren Schritt. »Das hat wehgetan. Und seither riecht es in meiner Hose eigenartig. Ich muss sie alle zwei Tage im Bach waschen. Außerdem juckt es, als wären Stechmücken unterm Stoff. Ich hoffe, das vergeht bald wieder. Ob ich ein Baby bekomme, weiß ich nicht. Das dauert ziemlich lange, oder?«

Gerhard Müller zuckte zurück, als habe er einen Schlag erhalten. Ungläubig fixierte er Chenoas Gesicht. Er suchte die Lüge in ihren Zügen, aber er fand sie nicht. Die Kunst des Schauspiels hatte sie von den grauen Zwillingen erlernt. Für Frauen war sie mitunter überlebenswichtig. Schließlich schien der Dicke ihr zu glauben.

»Wo ist das passiert, Engelchen? War der Mann bewaffnet? So wie Pawliczek, der dich hierhergebracht hat?«

Chenoa nickte mit dem Kopf. Müller durchschaute sie nicht – noch nicht. Das verschaffte ihr einen Vorteil, zumindest eine gewisse Zeit lang. »Ja«, antwortete sie und blickte zu Boden. »Nicht weit von hier ist das passiert. Der Mann sah wie ein Wilder aus, war mager und nackt, trug nicht mal Schuhe, aber auch so eine Knallwaffe um den Bauch.«

Ein kurzes Flackern huschte über die Augen des Veteranen.

»Woher stammen eigentlich deine Schuhe und ...« Er deutete mit dem fleischigen Zeigefinger der rechten Hand auf ihren Rucksack. »Was hast du da in der Tasche?«

An die Dinge, die sich in ihrem Gepäck befanden, hatte sie gar nicht mehr gedacht. Echte Glasflaschen, eine davon mit tödlichem Inhalt, ein Stück Papier mit einem fremden Namen darauf, eine detaillierte Landkarte. Zum Glück hatte sie das alte Handy und die Uhr des Nackten in der Tasche verstaut, die Pony trug. Sonst hätte er die Lügen nun enttarnt. Chenoa reagierte erneut mit Unwahrheit. »Ich ... ich hab die Sachen von einer toten Frau«, stammelte sie und drückte mühsam einige Tränen hervor. »Sie lag am Waldrand, hatte rote Flecken am ganzen Körper und war schon von den Wölfen angeknabbert. Die Schuhe passten mir. Den Sack hab ich auch mitgenommen. Aber mit dem Inhalt kann ich nichts anfangen. Ich habe gehofft, ich kann das Zeug irgendwo gegen Essbares eintauschen.«

Müllers Gesicht verriet einen Hauch Misstrauen und unmissverständliche Enttäuschung, dass er augenscheinlich doch keine gesunde, attraktive Sklavin für seine Schlafstatt ergattert hatte. »Rote Flecken? Dann war die Frau auch krank, genau wie der Typ, der dich auf der Straße entjungfert hat. Ich sage es ja immer. Diese streunenden Wilden droben im Wald müssen weg. Sie sind unhygienisch und bringen uns alle möglichen Krankheiten, die wir derzeit noch nicht behandeln können. Er streckte die Hand nach ihr aus. »Und das feine Messer, das du da am Gürtel trägst, das stammt auch von einer Toten? Oder hast du damit dem Vergewaltiger auf der Straße den Garaus gemacht?«

Chenoa presste ihre Hand auf das Jagdmesser, dessen Klinge warm von ihrer eigenen Körpertemperatur war. »Das ist das einzige Andenken an meinen Vater«, sagte sie wahrheitsgemäß. »Er starb, als ich noch ein Kind war und hat es mir geschenkt. Ich habe Eichhörnchen ausgeweidet und Pilze abgeschnitten. Menschen habe ich damit noch nie verletzt.«

»Trotzdem gibst du es jetzt mir«, verlangte er befehlsgewohnt. »Und dann wirst du dich anständig waschen, besonders untenrum, wenn du verstehst, was ich meine. Wir haben eine alte Wanne hinterm Haus und sogar etwas Seife aus uralten Beständen.«

Chenoa überreichte ihm ihren Schatz. Trotzdem war sie zuversichtlich. Der Dicke hatte von den Krankheiten, die seit Ende des nuklearen Winters grassierten, wenig Ahnung und fürchtete sich davor. Das verwunderte Chenoa nicht, denn von einem gesunden Leben war er selbst meilenweit entfernt. Vielleicht würde ihr diese Tatsache früher oder später einen Weg in die Freiheit ebnen?

Müller erhob sich. »Pawliczek«, brüllte er plötzlich quer durch den Raum. Sofort erschien der Hüne, der sie am Fluss aufgestöbert hatte, durch die geflickte Tür.

»Was gibt es, Chef?«, fragte der emotionslos.

»Sag den Leuten, sie sollen künftig den Nackten aus Zwiesel nicht mehr mit den Händen berühren. Der ist krank. Aber wenn ihr ihn das nächste Mal besucht, dann zieht ihm den Ledergürtel über den nackten Arsch, Jungs. Der hat mein Engelchen entjungfert.«

»Wird gemacht, Chef!«, bestätigte Pawliczek befehlsgewohnt.

Juni 2050

Chenoa war schon seit geraumer Zeit fort, als plötzlich Babas Pferd vor den Toren der Waldsiedlung auftauchte. Mausezahn entdeckte es am frühen Morgen. Es hatte mit den Vorderhufen ein tiefes Loch vor dem Eingang zur Siedlung gegraben. Um ein Haar wäre er hineingetreten.

»Baba«, rief er, ohne den großen Vierbeiner aus den Augen zu lassen. »Baba, das Pferd ist zurück. Allerdings ohne Chenoa und das Gepäck auf seinem Rücken. Das bedeutet nichts Gutes.«

Nur Sekunden später kam der Junge, der vor nicht einmal einem Monat auf die Gruppe der Waldler gestoßen war, angerannt. Sofort hielt er auf das Pferd zu, packte es am dichten Schopf der Stirnmähne und zog es ins Innere der Siedlung.

»Es hat Durst«, sagte er aufgeregt. »Vermutlich wagte es nicht, in Ruhe zu trinken da draußen. Ich musste es während meiner Reise auch immer zu Bächen führen. Das Vieh stand jedes Mal unruhig davor, als würde man es schlachten wollen, bis es endlich einen Schluck Wasser soff.«

Baba hatte voll ins Schwarze getroffen mit seiner Vermutung. Das Pferd trottete zum Bach, der hinter den Hütten durch die Siedlung führte und begann gierig zu saufen. Es sah ohnehin nicht gut aus. Bis auf den unförmig geblähten Bauch wirkte es mager. Eine verschorfte Wunde am Kopf ließ darauf schließen, dass es sich mit dem improvisierten Zaumzeug irgendwo verhakt hatte, bevor das Tier sich von den alten Kabeln befreit hatte. Das linke Hinterbein war ebenso verletzt und dick angeschwollen. Blut klebte am Fell. Das Huftier war von einem Fleischfresser attackiert worden.

»Kannst du dem Vieh helfen, Mausezahn? Das Bein, das sieht nicht gut aus. Wäre verdammt schade, wenn das Tier krepiert.«

Der Fünfzehnjährige schloss das Tor zur Siedlung hastig und stemmte die Hände in die Hüften. »Klar können wir dem Pferd helfen. Aber es verwundert mich schon etwas, dass das deine einzige Sorge zu sein scheint.« Er hob die Stimme deutlich an. »Chenoa ist verschwunden. Wir wissen nicht, was passiert ist. Ich vermute, sie hat die Städter unten am großen Fluss gar nicht erreicht. Das stellt uns hier vor ein riesiges Problem, ist dir das nicht klar?«

Baba zuckte nur mit den Achseln. »Es ist gefährlich, so eine lange Strecke zu laufen. Das hat sie doch gewusst. Was glaubst du, wie viele ich hab krepieren sehen in meinem bisherigen Leben? Es geht auch ohne Chenoa weiter.«

Der Junge, dessen Husten sich aufgrund der Waldmedikamente schon verbessert hatte, rechnete offensichtlich nicht mit dem blitzschnellen Angriff des Fünfzehnjährigen. Völlig überrumpelt ging er unter einem Kinnhaken zu Boden. Mausezahn stürzte sich dennoch auf ihn und landete einige Treffer in die Nierengegend. Baba heulte auf wie ein Wolf, wehrte sich aber aus Leibeskräften.

»Wie kannst du so etwas sagen, du verlauster Städter. Chenoa hat das alles hier aufgebaut. Wir verdanken ihr unser Leben und du denkst, wir brauchen sie nicht?«, keuchte er.

Der Lärm nahe der großen Feuerstelle schreckte den Rest der Gruppe auf. Inyan und Yaci eilten aus ihrer Behausung, mischten sich beherzt ein und trennten die beiden Kontrahenten mit festem Griff. Baba blutete aus der Nase und Mausezahn presste den linken Arm an den Körper. Baba hatte ihn gebissen. Die Wunde schwoll sofort an. In diesem Augenblick traten die grauen Zwillinge aus ihrer Hütte. Die Kinder begleiteten sie. Mit ernster Miene schritten sie auf die Kämpfenden zu, die sich noch immer in den Armen von Yaci und Inyan wanden, wie zappelnde Fische. Es war die stumme Anuk, die kopfschüttelnd nach vorne trat und sich vor Mausezahn aufbaute wie eine Göttin. Sie zog einen Stock aus ihrem Gewand aus Wolle und Fell. Dann fing sie an, Buchstaben in den Staub zu kritzeln. CHENOA DULDET KEINEN STREIT IN DER GEMEINSCHAFT. HÖRT SOFORT AUF DAMIT.

Mausezahn nickte beschämt. »Ich weiß«, antwortete er der Grauhaarigen. »Und Baba liegt vielleicht sogar richtig, wenn er vermutet, dass sie tot ist.«

In diesem Moment trat nun auch Bena vor. Ihr aschfahles Gesicht war durchzogen von tiefen Falten, die nicht vom Alter stammten. Niemand in der Gruppe der Waldler wusste bisher, welch Grausamkeiten die Zwillinge erleben mussten, bevor ihre Münder verstummten. Sie schritt auf ihre Schwester zu, ergriff deren Hand und drückte sie fest. Dabei schüttelte sie wie irre den Kopf. Keiner der Anwesenden verlor in diesem Moment auch nur ein Wort. Die Zwillinge genossen innerhalb der Gemeinschaft großen Respekt. Ihr Wissen stellte einen unschätzbaren Wert dar. Manchmal, so schien es, hielten die Grauhaarigen für nahezu alles eine Lösung parat und ... sie verfügten über Sinne, die die Nachkriegsgeneration niemals kennengelernt hatte. Früher hätte man diese als »übersinnlich« bezeichnet.

Augenblicklich erwachte der Stock in Anuks Hand wieder zum Leben. CHENOA IST NICHT TOT UND WIR WERDEN SIE GEMEINSAM FINDEN, verkündeten große Buchstaben im Staub.

Tränen der Erleichterung drängten sich in Mausezahns Augen. Er vertraute den grauen Zwillingen. Ein Plan musste her, um die blonde Frau zu retten, die seit zwei Jahren mit einfachsten Mitteln ein Leben im Urwald ermöglichte. Sein Blick glitt hinüber zu Babas Pferd, das sich inzwischen das hohe Gras am Rand der Palisaden schmecken ließ.

»Meinst du, das Vieh erinnert sich an den Weg, den es mit Chenoa genommen hat?«, fragte Mausezahn den blutenden Baba, der sich die Nase hielt. Dann setzte er stammelnd hinzu: »Tut ... tut mir leid. Ich hätte dich nicht angreifen dürfen.«

»Schon okay«, näselte Baba. »Das Tier wird dir keine Hilfe sein, das läuft nur immer dahin, wo es Futter bekommen hat.« Er überlegte einen Moment, dann setzte er fort: »Hab ja mitbekommen, dass du die Blonde sehr gern hast. Das, was ich da gesagt habe, war nicht sehr nett.« Dann schaute er zu den grauen Zwillingen hin, die ernst und stumm nebeneinander verharrten wie Statuen. »Aber eine Frage hab ich jetzt doch noch. Woher weiß Bena, dass Chenoa noch am Leben ist? Wie kann sie so etwas behaupten?«

Bena antwortete ihm direkt. Ernst und leicht verärgert trat sie auf ihn zu, dann kritzelte ein Stock wieder Buchstaben in die Erde: DU MUSST LERNEN, AUF DEIN GEFÜHL ZU HÖREN.

Baba starrte die Schrift zu seinen Füßen an. Er hatte inzwischen etwas Lesen gelernt, aber das, was da im Staub zu sehen war, überforderte ihn. Mausezahn las es ihm schließlich vor. Als er Babas zweifelnde Miene entdeckte, erklärte er ihm den Sinn. »Anuk und Bena stammen aus Zeiten, von denen wir keine Ahnung haben. Die Menschen vor dem Krieg hatten Probleme, aber auch viele Annehmlichkeiten. Wenige Völker litten Hunger oder Durst. Man beschäftigte sich nicht nur damit, was man am nächsten Tag essen würde. Die menschliche Seele und ihre Geheimnisse waren ein großes Thema unter den vielen Milliarden, die auf der Erde lebten. Es gab Spezialisten, die Dinge sahen, ohne die Augen zu benutzen, Baba. Manche Menschen konnten sogar mit Toten sprechen.«

Trotz blutender Nase entfuhr dem Städter ein Prusten. »Mit Toten? Aber wenn sie krepiert sind, dann kann man mit ihnen nicht mehr plaudern. Das weiß sogar ich, und ich bin nicht der Klügste.«

»Man ging davon aus, dass Menschen eine Seele besitzen, die im Jenseits weiterlebt«, erklärte Mausezahn. »Ich bin jünger als du und glaub mir, ich fand das auch alles ziemlich lächerlich, bevor ich hierherkam.« Wieder mischte sich unendliche Traurigkeit in die Stimme des Fünfzehnjährigen. »Aber Anuk, Bena und auch Chenoa haben mich überzeugt. Da gibt es Dinge zwischen Himmel und Erde, die wir nicht kennen und die jetzt, nach dem Krieg, keiner mehr deuten kann. Da gibt es zum Beispiel Chenoas Träume, die uns warnten. Sie ließ stets ihre Gedanken fliegen ...« Abrupt stutzte Mausezahn, erstaunt über seine eigenen Worte. Er starrte in Benas Gesicht, die noch immer den Stock, mit dem sie in den Boden schrieb, umklammert hielt. »Fliegen? Habe ich vom Fliegen geredet?«

Anuk und Bena nickten ihm beinahe gleichzeitig zu. Ein verwegener Plan zur Rettung Chenoas stahl sich in seinen Kopf. Grinsend fuhr er zu Baba herum.

»Wir brauchen das Pferd nicht, zumindest vorerst nicht. Zuerst müssen wir auf Spurensuche gehen, und zwar nicht, in dem unsere besten Leute tagelang ihre Gesundheit aufs Spiel setzen und zu Fuß durch den Urwald laufen. Denn wir wissen nicht sicher, welchen Weg Chenoa eingeschlagen hat. Das kriegen wir nur aus der Vogelperspektive heraus.« Er schaute nach oben, in die Wolken, die langsam am Himmel erschienen. »Und ich werde der Vogel sein!«

Anuk und Bena lächelten ihn an. Das hatte er noch nie erlebt.

****

Das Wetter hatte Mausezahns verwegene Pläne vereitelt. Am Nachmittag des Tages zog ein heftiges Gewitter über die Siedlung hinweg. Es regnete wie aus Kübeln und Baba zerrte sogar das verängstigte Pferd mit all seinen Kräften in das Innere der Hütte.

Mausezahn hatte den Kalender in Chenoas Hütte weitergeführt und wusste, dass die längsten Tage des Jahres begannen. Außerdem wollte er nicht noch mehr Zeit verlieren, um seine heimliche Liebe zu finden.

Mausezahn vertilgte eine randvoll gefüllte Schale Suppe aus Kaninchenfleisch und Kräutern, bevor er den riesigen Rucksack mit dem Gleitschirm aus den Tiefen des Kellers nach oben schleppte, den er auf dem verlassenen Flugplatz in der ehemaligen Tschechei gefunden hatte. Den Aufstieg auf den höchsten Berg der Umgebung würde er mit der schweren Last nicht auf sich nehmen. Aber er kannte eine Erhebung, südlich der Waldsiedlung, deren Kuppe nur spärlich bewaldet war. Dorthin würde er sich auf den Weg machen und versuchen, mit dem grünen Stoffdach in die Lüfte aufzusteigen. Mausezahn war müde, denn er hatte im Feuerschein letzte Nacht noch heimlich in dem Buch gelesen, das seinen einzigen Bezug zum Fliegen darstellte. Wörter wie Fallwinde, Thermikschläuche und Tiefdruckgebiete geisterten durch seinen Kopf. Die Kapitel rund um das Wetter erschienen ihm kompliziert, deswegen hatte er sie nur überflogen. Letztendlich blieb ihm nur, die Theorie einfach auszutesten. Von da oben aus würde er vielleicht etwas entdecken – Spuren von Chenoa. Mit dem kribbelnden Gefühl im Magen wanderte er schließlich los, kurz bevor die Sonne im Süden ihren höchsten Stand erreichte.

Mausezahn benutzte Trampelpfade, die ihm bekannt waren und ihn nicht in unbekanntes Terrain von Beutegreifern führen würde. Der Schweiß lief ihm in Strömen übers Gesicht. Immer wieder schaute er auf in den Himmel. Nur wenige Vögel kreisten schon in den warmen, aufsteigenden Lüften. Es war schwül und die typischen Schäfchenwolken, die sich zur Mittagszeit über den Hügeln des Urwaldes bildeten, quollen wie Monster in das Blau des Himmels hinein. Er erreichte den Hügel schließlich völlig erschöpft. Seine Knie zitterten und sein Atem ging keuchend. Dennoch gönnte sich Mausezahn keine Pause. Flink entpackte er den Rucksack und ließ den grünen Stoff mit den gelben Schnüren herausquellen. Sorgfältig prüfte er mit Hilfe eines angefeuchteten Fingers die Windrichtung, dann legte er den Schirm so aus, wie er im Buch gelesen hatte. Den leeren Rucksack zurrte er auf seinem Rücken fest. Er durfte auf gar keinen Fall verlorengehen. Wenn alles gut ginge, würde er in der Thermik aufsteigen, über den Urwald hinweg in das Tal gleiten, wo die ehemalige Straße zu den beiden Kleinstädten Zwiesel und Regen verlief. Dort, so vermutete Mausezahn, war Chenoa laut ihrer Planung entlanggewandert. Später würde er nach Norden abdrehen und in der Nähe des verlassenen Dorfes wieder landen. Dort, wo die alte Lok aus Vorkriegszeiten auf ihrem Gleis stand, gab es eine breite Wiese. Sie war nicht weit entfernt von der Siedlung.

Er schlüpfte in die Gurte, schaute noch einmal in den Himmel, der inzwischen nicht mehr friedlich und sommerlich wirkte, dann ergriff er die Schnüre und riss den Schirm mit einem Ruck gegen den Wind. Es knatterte, als sich der Stoff in seiner ganzen Größe öffnete. Mausezahn rannte los, den Hang hinab. Trockenes

Holz knackte unter den Sohlen der stabilen, alten Wanderstiefel, die er in einem verlassenen Haus entdeckt hatte. Schnell wurden die Schritte leichter, bis der feste Untergrund verschwand. Er flog. Sofort steuerte Mausezahn auf eine riesige Wolke zu, so, wie er es im Buch gelesen hatte. Aber gerade, als ihn ein bisher unbekanntes Glücksgefühl flutete, spürte er die Kräfte, die sich von den Leinen des Schirms auf seine Arme übertrugen. Sie fühlten sich an, als seien sie nicht von dieser Welt. Der Stoff über ihm war zum Zerreißen gespannt und eine unbekannte Gewalt zog ihn nun nach oben, einem Himmel entgegen, der unendlich schien. Die Wolke über ihm zerfloss zu einem beige-gelben Brei. Mausezahn versuchte den Schirm zu steuern. Aber die Kraft seiner Muskeln reichte nicht. Wie ein Sog wurde das alte Fluggerät schräg nach oben gerissen. Sein Körper in den Gurten taumelte machtlos in einer bisher ungeahnten Naturgewalt umher. Bald wurde ihm schwindlig. Glitzernde Sterne tanzten in seinen Augen. Die Wipfel der Bäume entfernten sich rasant und schnell lagen sie tief unter ihm.

Die Fahrt ins Unbekannte wollte noch immer kein Ende nehmen. Aus den Augenwinkeln erkannte Mausezahn, dass ein Blitz weit entfernt aus brodelndem Wolkengebräu gen Boden zuckte. Er hatte das Wetter falsch eingeschätzt. Gewitter stellten ein unkalkulierbares Risiko dar, das hatte ihm das Lehrbuch aus Vorkriegszeiten verraten. Wieder und wieder versuchte er, die Kappe des Schirms nach unten zu ziehen, um dem Aufwind zu entkommen und abzudrehen. Es wollte nicht gelingen. Unerbittlich gewann das Fluggerät an Höhe und dann tauchten im Süden die Zacken einer Gebirgskette auf, die Mausezahn noch nie im Leben gesehen hatte. Er fror. Die Wolkenwand schloss sich um ihn und das Fluggerät. Er konnte nichts mehr sehen. Die Hände an den Leinen schmerzten bald vor Kälte. Hagelkörner prasselten wie Geschosse auf ihn hernieder. Wieder ein Blitz – dann verlor der Fünfzehnjährige das Bewusstsein.

***

Völlig durchgefroren und verwirrt erwachte der zweisprachige Junge irgendwann. Sein Körper hing noch immer in den Gurten, die ihm beinahe das Leben gekostet hätten. Er hatte nicht gewusst, wie stark Aufwinde ein so leichtes Fluggerät bei Gewitter in ungeahnte Höhen katapultieren konnte. Jetzt glitt der grüne Schirm jedenfalls in nahezu ruhiger Luft hoch oben dahin. Er schien unbeschädigt zu sein. Was für ein Glück, dass er den Flug überlebt hatte. Mausezahn benötigte einige Sekunden, um das Geschehene zu verarbeiten, doch schnell hatte er seine wirren Gedanken wieder im Griff. In der Epoche, in der er lebte, gab es keine Zeit, sich Träumereien hinzugeben. Die Natur und ihre Bewohner verziehen keine Fehler.

Noch immer schwebte er weit oben über den schier endlosen Urwald hinweg. Kleine Lichtungen, angedeutete Trampelpfade und Ruinen blitzten immer wieder aus dem leuchtenden Grün. Eine größere ehemalige Siedlung kam in Sicht. Mausezahn erkannte sie. Augenblicklich kehrte sein vorzüglicher Orientierungssinn zurück. Vorsichtig bediente er die Schnüre, die das Fluggerät steuerten. Der Schirm über ihm gehorchte, und er flog einen großzügigen Kreis über den verlassenen Häusern, deren Dächer zum Teil noch intakt waren. Mausezahn wusste, dass er dringend auf seine Flughöhe achten musste. Der Schirm sank jetzt, den Grund dafür kannte Mausezahn nicht. Dann entdeckte er die ehemalige Straße, die parallel zu einem kleineren Fluss und der alten Bahnlinie führte, der zum Teil die Gleise fehlten. Er folgte deren Verlauf. Es war schwierig, Einzelheiten zu erkennen. Die Augen des Fünfzehnjährigen waren jedoch brillant und schließlich erspähte er den breiten Graben, der die ehemalige Verbindungsstraße zwischen Zwiesel und Regen versperrte. Wie ein tiefer Schnitt kappte der die Wanderstrecke, die Chenoa mit an Sicherheit grenzender Wahrscheinlichkeit gewählt hatte. Hier musste ihre Wanderung ein jähes Ende gefunden haben. Mausezahns Herz stolperte vor Aufregung. Ein erster Hinweis auf die Frau, die er insgeheim liebte. Aber wo steckte sie nur? Zaghaft lenkte er das Fluggerät in eine Linkskurve. Ein paar Wölkchen über ihm versprachen wieder leichten Auftrieb. Den würde er bald dringend benötigen, wenn er nicht in gefährlichem, unbekanntem Terrain notlanden wollte. In diesem Augenblick erkannte er eine Art Siedlung auf einer Lichtung. Der Graben, der die Straße zerstört hatte, endete dort in einer künstlich angelegten Mulde, an deren Ränder Menschen zwischen kunstvoll geflickten Gebäuden aus der Vorkriegszeit umher huschten. Sie waren schwer auszumachen mit ihren unsichtbar machenden Klamotten zwischen all dem Grün und Braun der Landschaft. Doch dann traf für weniger als eine Sekunde ein winziger Punkt von strahlend blondem Haar wie ein Nadelstich auf seine Netzhaut. Mausezahn schnappte nach Luft. Hatte er sich die Erscheinung nur eingebildet? Schnell zerfloss der Punkt wieder mit den Farben der

Siedlung, in der eindeutig Menschen lebten. War das Chenoa? Warum blieb sie an diesem seltsamen Ort? Hielt man sie gefangen? Die Fragen, die ihn quälten, wurden durch ein entferntes, aber scharfes Krachen unterbrochen. Der Junge hatte es noch nie selbst erlebt, aber aus den Erzählungen der grauen Zwillinge und dem Traum Chenoas erwachte sofort sein Überlebensinstinkt. Feuerwaffen – und sie zielten auf ihn und den Schirm. Chenoa war nicht freiwillig hier, das stand fest. Wieder krachte es unter ihm. Er sah, dass sich Menschen formierten, um ihn anzuvisieren. Seine Linke griff fest in die Leinen und die Kappe des Schirms zog ihn in eine enge Kurve. Mausezahns magerer Körper wurde von der Fliehkraft weit hinausgetragen. Er musste das Gebiet so schnell wie möglich verlassen. Würde die Höhe reichen, um ihn heil nach Hause zu bringen? Was könnte man tun, um Chenoa zu befreien? Tränen bildeten sich in seinen Augenwinkeln. Angst kroch durch seine Adern. Ein Gefühl von Machtlosigkeit drohte ihn zu übermannen.

***

Chenoa holte gerade Wasser am Bach, der nahe der Pfeffermühle vorbeiführte und in Kürze dem künstlichen Müllergraben zum Opfer fallen würde. Sie hatte mitbekommen, dass man die Mulde im Osten der Siedlung fluten wollte. Damit wurde dem kleinen Fluss, der den wenigen versprengten Menschen nordwestlich der Pfeffermühle wertvolles Nass lieferte, ein Großteil des Wassers entzogen und somit auch dem Bach. Bewohner, die hinter dem Graben mühsam ums Überleben kämpften, würden sich wohl oder übel der Gruppe rund um Gerhard Müller anschließen müssen.

Aufgaben wie das Kochen und Reinigen der Behausungen hatte Müller ihr übertragen. Sie fühlte sich alles andere als wohl, denn der Dicke hatte sie trotz des Vortäuschens einer Geschlechtskrankheit bereits zweimal brutal vergewaltigt. Seiner Meinung nach wäre ein gründliches Bad mit Wasser und Seife Heilung genug gewesen. Wäre Chenoa tatsächlich an der hochansteckenden bakteriellen Infektion erkrankt, die früher Syphilis genannt wurde, hätte sich Müller längst infiziert. Medizinisches Grundwissen herrschte nicht im Müllerland. Aber ihr rüdes, wildes Verhalten, das sie ihm permanent vorgaukelte, hatte sein sexuelles Verlangen letztendlich etwas dezimiert. Sie galt innerhalb der Siedlung als roh, tierisch und ungebildet und schürte das Bild von versprengten Urwaldbewohnern, die in Müllers Fantasien herumspukten.

Ein kurzes heftiges Gewitter war über das Gebiet gezogen und sie schaute müde in den Himmel, um die Wolkenfetzen zu beobachten, die eilig dahinzogen. Chenoa fühlte sich ausgelaugt vom vielen Grübeln, wie sie den Bewaffneten hier entkommen könnte. Außerdem quälte sie die Sorge, früher oder später ein Kind von dem Dicken zu empfangen, wenn es nicht sogar schon geschehen war. Welch schillernde Vorstellung hatte sie gehabt vom neuen Leben im Einklang mit der Natur – von einem Neubeginn mit Menschen, die ihr am Herzen lagen. Und wo war sie jetzt hingeraten? Sie unterdrückte die aufkeimende Depression mühsam und beobachtete einen einzelnen Sonnenstrahl, der sich wie ein Speer durch die Wolken drängte. Plötzlich erkannte sie einen fernen grünen Punkt am Himmel – Punkt? Es war eher ein Streifen aus leuchtender Farbe, der dort oben auffällig dahinglitt. Ihr Puls drohte einen Augenblick auszusetzen. Das da oben war das Fluggerät, mit dem sie eines Tages bis zum großen Fluss segeln wollte. Jemand war auf der Suche nach ihr.

»Was ist das?«, gellte Jaroslav Pawliczeks grölender Bass im selben Moment durch die Siedlung. Der ungehobelte Frontmann schien immer wie ein Schatten in ihrer Nähe zu sein. Nichts entging dem großen jungen Mann, der in Müllers Gunst ganz oben stand. Sein Finger deutete in den Himmel und sofort eilten weitere Personen herbei. Sie nahmen die Feuerwaffen von den Schultern.

»Eindringlinge!«, schrie irgendjemand und der erste Schuss gen Himmel peitschte durch die Luft. Schon stürmte, aufgescheucht durch die Rufe seiner Söldner, der dicke Müller aus seiner Behausung. Auch er blickte nach oben.

»Ja laust mich denn der Affe?«, rief er den Bewaffneten zu. »Das ist ein Fallschirm aus Vorkriegszeiten. Wo kommt der denn her. Da hängt ein lebender Mensch dran.«

Wieder ein Schuss, der ins Leere traf. Müller riss den Arm nach oben.

»Stellt das Feuer ein«, brüllte er laut. »Das Gewehr trifft nicht auf diese Distanz. Ihr vergeudet nur wertvolle Munition, ihr Idioten. Beobachtet den Schirm und dann werden wir den Späher ausfindig machen. Der muss ja hier ganz in der Nähe runter, und zwar dort, wo keine verdammten Bäume stehen. Also haltet die Augen offen. Den schnappen wir uns.«

In diesem Moment schwenkte der grüne Schirm hart herum und glitt in Richtung Urwaldgebiet davon.

»Was für ein Volldepp«, raunte Müller, während er die Flugbahn weiter beobachtete. »Jetzt müssen wir ihn nur noch aus den Ästen pflücken. Der Typ, der unter dem Fallschirm hängt, hat offensichtlich keine Ahnung, wie das geht. Fragt sich nur, wie der überhaupt da hochkommt? Gibt es vielleicht doch noch einen funktionierenden Flieger, den ich übersehen habe?« Seine dreckigen Fingernägel kratzten über das schüttere Haar. »Der entkommt nicht, weil er sich sämtliche Knochen brechen wird. Wir können ihn auch morgen suchen. Und dann quetschen wir ihn aus. Möglicherweise kriegen wir auf diese Weise ein funktionierendes Flugzeug.«

Chenoa würgte ihre Aufregung hinunter. Auf keinen Fall durfte sie sich verraten. Bereits nach dem ersten Schuss hatte sie den Eimer abgestellt und sich auf den Boden gekauert, die Hände fest an die Ohren gepresst. Sie rang sich ein ängstliches Zittern ab, das sofort Wirkung erzielte. Pawliczek, der beinahe zwei Meter große Typ, schulterte nach der Ansage seines Chefs das Gewehr und eilte zu der vermeintlich Wilden. Behutsam griff er nach ihren verkrampften Händen, löste sie von den Ohren und zog sie in die Höhe.

»Das macht dir Angst, stimmts? Du kennst keine Bleispritzen. Brauchst dich aber nicht zu fürchten. Solange du das Liebchen vom Chef bleibst, kannst du dich entspannen. Und das Ding da oben am Himmel, das finden wir. Das wird uns nicht gefährlich, versprochen.« Er lächelte schief und ein Rülpser drang ihm durch die spröden, wulstigen Lippen.

Pawliczek, den alle Jari nannten, litt genau wie Müller eindeutig an Magenproblemen. Das hatte Chenoa schnell herausgefunden. Der säuerliche Geruch, den sein Mund versprühte, enttarnte eine ernstzunehmende entzündliche Erkrankung. Vermutlich lag das an der ungesunden und üppigen Ernährung, die man hier im Lager bevorzugte. Man versuchte sich am Vergären von Beeren und Obst, um alkoholische Getränke zu erzeugen, und es gab unendlich viel Fleisch zu essen. Müllers Leute erlegten meist Wildschweine, die in großen Rotten durch die Gegend zogen. Das Fleisch war fett und mit Sicherheit auch ziemlich verstrahlt, weil die Schweine alles fraßen, ganz im Gegenteil zu den Wildkaninchen, die die Waldler als Eiweißquelle vertilgten.

Chenoa hielt ihr Schauspiel eisern aufrecht. Schon seit Tagen wusste sie, dass Jari auch nicht abgeneigt war, sich mit ihr zu paaren. Lediglich der strenge Blick seines Chefs hinderte ihn daran, den angeborenen Trieb mit einer vogelfreien Wilden auszuleben. Kurz schmiegte sie sich an den Bewaffneten, dann hauchte sie: »Danke, Pawliczek, das Geknalle hat mir wirklich Angst gemacht. Was war das da oben am Himmel? Ein unbekannter Vogel?«

Jari schüttelte den Kopf, presste kurz die Rechte auf seinen offensichtlich schmerzenden Bauch, dann antwortete er: »Ein unbekannter menschlicher Vogel, Kleines. Aber den erwischen wir, keine Sorge. Der Chef hat erkannt, was das ist. Irgendwas aus der Vorkriegszeit, mit dem man aus Flugzeugen sprang.« Wieder rülpste er und verzog dabei das Gesicht.

»Flugzeug? Nie gehört!«, sagte Chenoa naiv. Doch noch bevor sie eine Erklärung erhalten konnte, setzte sie leise hinzu: »Du bist krank, Jari. Ich kann das riechen. Ich weiß nicht viel, aber auf der Reise hab ich mal einen Typen getroffen, der musste auch immer rülpsen und dann war er plötzlich tot. Aber meine ältere Schwester, die leider einem Wolf zum Opfer gefallen ist, hat mir ein paar Pflanzen im Wald gezeigt, die solche Krankheiten heilen können.«

Ihr Bluff wirkte sofort. Jaroslav reagierte. »Du … du kennst dich mit Medizin aus?«, stammelte er mit einem kurzen Seitenblick auf Müller, der aber schon wieder zurück in die ehemalige Pfeffermühle humpelte. »Das ist nicht nur das Rülpsen. Es tut auch ziemlich weh, weißt du? Manchmal wache ich nachts auf vor Schmerzen. Welche Pflanzen muss ich denn da kauen, damit es besser wird?«

Ein innerlicher, stummer Jubelschrei durchzog Chenoas schlanken Leib. Der Typ hatte angebissen und ihr eine neue Chance zur Flucht eröffnet. Sie zuckte unschuldig mit den Schultern. »Das kann ich dir auch nicht sagen. Hab keine Ahnung davon. Ich müsste mit dir in den Wald gehen, damit ich die Blätter wiedererkenne.«

»Das wird der Chef nicht zulassen«, flüsterte der Bewaffnete leise. »Der hat Schiss, dass du wieder im Wald verschwindest. Du bist immer noch eine Wilde.«

Chenoa näherte ihr Gesicht dem Stoppelbart von Jari. »Der muss es ja nicht erfahren«, raunte sie ihm hoffnungsvoll zu. Allein das Zucken seiner Mundwinkel verriet ihr, dass sie »ins Schwarze« getroffen hatte.

***

Der Schirm verlor massiv an Höhe. Keine Wolke versprach mehr den leisesten Auftrieb. Schweißperlen rannen über Mausezahns Gesicht. Schließlich gab er das Suchen nach Thermik auf, um keine Zeit mehr zu verlieren, und steuerte das Fluggerät einfach in Richtung Heimat. Aber bereits kurz hinter der ihm bekannten Ortschaft Zwiesel kamen ihm die Baumwipfel gefährlich nahe. Hektisch suchten die Augen des Fünfzehnjährigen nach einer Landefläche, aber außer der maroden ehemaligen Straße, die von hohen Bäumen gesäumt war, konnte er keinen geeigneten Platz erkennen. Schon streiften seine Füße durch die Kronen der schnellwachsenden Laubbäume, die den Urwald inzwischen dominierten. Ein Schrei entfuhr seiner Kehle. Instinktiv zog er die Steuerleinen beidseits nach unten. Der Schirm bäumte sich ein letztes Mal auf, dann klappte er über Mausezahn mit einem dumpfen Ploppen zusammen. Sein Körper rauschte dem Boden entgegen. Unbarmherzig kratzten Zweige über seine Haut, hinterließen tiefe, blutende Spuren auf den nackten Armen. Mit einem harten Ruck stoppte die Talfahrt und Mausezahn baumelte im Gurtzeug mannshoch über dem Boden. Der grüne Gleitschirm hatte sich im Baum verheddert und ihm damit das Leben gerettet – vorerst.

Aber der Abend nahte, es gab Wolfsrudel im Wald und ein mehrstündiger Marsch in der Dunkelheit würde einem glatten Selbstmord gleichen. Außerdem musste er das wertvolle Fluggerät irgendwie aus den Zweigen retten. Ersatz würde er wohl so schnell keinen dafür finden.

Vorsichtig fingerte Mausezahn an den Verschlüssen der Gurte und öffnete sie, dann glitt er erst mit dem rechten, dann mit dem linken Bein aus den Schlingen und ließ sich fallen. Der Aufprall tat weh. Ein greller Schmerz fuhr ihm durchs rechte Knie. Er versuchte aufzustehen. Mit zusammengebissenen Zähnen schaffte er es nach einer Weile. Zweifelnd schaute er in den Himmel. Die Sonne war bedrohlich weitergewandert. Aber jetzt, im Monat Juni (das wusste Mausezahn von Chenoas Kalender) würde der Stern sehr spät untergehen. Den ungefähren Standort seiner Landung hatte er sich eingeprägt und somit kannte er auch die Richtung, in die er jetzt laufen musste. Wären da nur nicht die Wölfe. Er fürchtete sich sehr vor den Viechern. Der tragische Tod von Chenoas Freundin Chepi hatte ihn schwer traumatisiert. Dennoch traf der Fünfzehnjährige eine schnelle Entscheidung. Das Leben in dieser Zeit duldete keine Sentimentalitäten. Stöhnend öffnete er den Verschluss seiner Hose und ließ sie an den mageren Beinen hinuntergleiten. Dann pinkelte er hinein, bis sie sich dunkel verfärbte. Angeekelt zog er das alte Bekleidungsstück wieder nach oben. Uringeruch hielt Wölfe fern, so hatte ihm einer seiner Wanderkumpanen in der ehemaligen Tschechei mal erklärt, bevor er auf Chenoas Gruppe gestoßen war. Er konnte nur hoffen, dass dies der Wahrheit entsprach. Mit einem letzten sehnsuchtsvollen Blick zum Gleitschirm, der wie eine vergessene Abdeckplane in den Zweigen eines Baumes hing, wanderte er los. Den leeren Rucksack, in dem man ihn verstauen konnte, trug er noch immer auf dem Rücken. Vielleicht schaffte er die Strecke noch vor Einbruch der Dunkelheit. Den Schirm würde er bald zusammen mit Baba, Inyan und Yaci und dem gesammelten Werkzeug der Waldler bergen. Rasch humpelnd durchquerte er den dichten Wald in Richtung der Straße, die ihn ein Stück weit der Heimat näherbringen würde.

***

Keiner der haarigen Beutegreifer hatte sich gezeigt, als Mausezahn im rötlichen Licht der späten Sonne auf den Trampelpfad abbog, der steil den Berg hinaufführte. Er kannte den Weg. Er war ihn schon so viele Male zusammen mit Chenoa gelaufen. Mit Pfeil und Bogen bewaffnet hatten sie hier Kaninchen und Eichhörnchen gejagt, welch süße Erinnerung. Und jetzt war sie die Gefangene von irgendwelchen aggressiven Siedlern mit Feuerwaffen. Mühevoll verdrängte er die dunklen Überlegungen, denn seine Schritte wurden immer langsamer. Das Knie und auch beide Schultern schmerzten höllisch. Vermutlich hatte er sich böse Zerrungen bei dem nichtgewollten Absturz zugezogen. Trotzdem atmete er erleichtert durch. Gut, dass Chenoa so darauf gedrängt hatte, einen Kalender zu führen. Auf diese Weise waren die Tageszeiten gut abzuschätzen. Noch immer erkannte er mühelos, wo er seine Füße hinsetzte. Bei Einbruch der Dunkelheit wäre das nicht mehr möglich. Innerhalb des dichten Waldes drang nicht das leiseste Quäntchen an Licht bis zum Boden, nicht einmal bei Vollmond. Und dann kämen sie – die heulenden Biester, die ihren Hunger an ihm stillen wollten. Die Hose war schon fast wieder trocken, der herbe Geruch jedoch blieb. Bot der wirklich Schutz? Aber jetzt war sich Mausezahn sicher, dass er die Siedlung bald erreichen würde. Vereinzelt drang bereits das Heulen der großen Rudel an sein Ohr. Es ist nicht mehr weit, wiederholten seine Gedanken in einem ständigen Mantra ... nicht mehr weit!

Die ersten grauen Schatten leckten schon über die Lichtung, und im dunklen Unterholz hörte man immer wieder leises Knacken von samtweichen Pfoten, die den Tod bringen konnten. Mausezahn hob stöhnend den rechten Arm und öffnete das Tor zur Waldsiedlung. Er hatte doch länger gebraucht, als erwartet. Sein ganzer Körper pochte vor Schmerzen. Das Knie war auf doppelte Größe angeschwollen und spannte den übelriechenden Hosenstoff darüber. Schnell zog er die Pforte hinter sich wieder zu, dann ließ er sich zu Boden sinken. Verschwommen nahm er wahr, dass die grauen Zwillinge im heimeligen Feuerschein auf ihn zueilten.

»Ich hab Chenoa entdeckt«, keuchte er. »Sie ist am Leben, aber auf uns kommt noch ein großes Abenteuer zu, wenn wir sie wieder hierhaben wollen.«

Aus den Augenwinkeln erkannte er Babas Huftier. Es zupfte Gras und wirkte sehr viel dünner als bei seiner Abreise. Daneben stand noch eines von den Viechern, eine kleine Ausführung auf wackligen Beinen. Aber er traute den Wahrnehmungen ohnehin nicht mehr und überließ sich seufzend dem Schlaf, der ihn jetzt unbarmherzig mit sich riss.

***

»Chef, wir haben die gesamte Gegend durchkämmt. Der Typ, der da am Himmel schwebte, war nicht aufzufinden«, stöhnte der pickelgesichtige Jugendliche, der in einer viel zu weiten Armeeuniform steckte. Der Tragegurt der Waffe, die er trug, schien ihm viel zu schwer auf die mageren, noch kindlichen Schultern zu drücken.

Pawliczek stand direkt hinter ihm. Besorgt beobachtete er über seinen Waffenkumpel hinweg die Augen von Müller, die oftmals gefährlich glitzerten. Niederlagen konnte der Veteran absolut nicht vertragen. Die schlechte Laune ließ er meist an seinen Leuten aus.

Aber heute schien der Chef in gelassener Stimmung zu sein. Verstohlen drückte Jari wieder die Hand auf den Bauch. Chenoas Worte hatten sich in seinem Kopf eingebrannt: Der musste auch immer rülpsen und dann war er plötzlich tot. Er wollte doch jetzt noch nicht sterben. Vielleicht konnte ihm die Blonde tatsächlich helfen? Schnell sammelte er sich wieder und bestätigte den Vortrag des jungen Kumpels: »Wir sind bis zum Hügel hinaufgezogen, Chef. Keine Spur von einem Verletzten oder gar von dem grünen, fliegenden Stofffetzen. Vielleicht ist er doch tiefer in den Wald geflogen, als uns lieb ist. Das erschwert die Suche natürlich erheblich.«

Ein weiteres saures Rülpsen drängte sich durch seine Speiseröhre nach oben.

»Dann wird die Suche eben ausgeweitet, Pawliczek. Morgen schnappst du dir zwei Männer und marschierst in Richtung Zwiesel. Befrag den irren Nackten, der weiß doch sonst immer alles. Dem entgeht nichts. Versprich ihm Frischfleisch, dann redet der. Aber berührt ihn nicht, der trägt Bakterien in sich, die so groß wie seine Ratten sind.«

Dem Jugendlichen mit den zu großen Klamotten sackten die Schultern noch weiter herab. Bis Zwiesel war ein weiter Fußmarsch und das Gewehr wog schwer. Aber er schwieg eisern. Nicht so Jaroslav Pawliczek. Er sah seine Chance nahen, an ein wirksames Medikament für den schmerzenden Magen zu gelangen. Sollten doch andere am Bauchweh krepieren, er nicht.

»Chef, ich würde vorschlagen, dass ich allein gehe. Zu viele Männer erregen zu viel Aufmerksamkeit. Wir wissen ja nicht, ob sich noch mehr von den unbekannten Spähern hier in der Nähe rumtreiben. Ich bin ein erfahrener Waldläufer und der Nackte vertraut mir. Dem hab ich schon mehrere wertvolle »Schätze« übergeben. Und falls mir der fliegende Typ irgendwo lebend begegnet ...« Er rang sich ein flüchtiges Lächeln ab und tippte auf das G36, das er immer bei sich trug. »Dann werde ich den ganz sicher überzeugen, das Maul aufzumachen.«

Überraschenderweise nickte Müller sofort.

»Du hast recht, Pawliczek. Mach dich allein auf den Weg. Wenn einer Licht ins Dunkel bringen kann, dann du.« Der Dicke gähnte. »Jetzt schick mir mein Engelchen. Ich brauch etwas Zerstreuung.«

Erleichtert klackte der Jugendliche seine schwarzen Stiefel aus ehemaligen Armeebeständen zusammen, wie er es hier im Lager gelernt hatte, und verließ eilig den Raum. Jari hingegen versuchte ein Grinsen zu verbergen. Morgen würde er in aller Frühe gen Osten ziehen, zusammen mit der kleinen blonden Wilden. Sie musste die heilenden Pflanzen für ihn vom Waldboden klauben und als Dank dafür würde er sie dann im weichen Moos vernaschen. Der Chef schlief lange, und er musste ihm später nur noch den Misserfolg seiner Suche verkünden, denn er hatte gar nicht vor, bis Zwiesel zu marschieren. An eine heimliche Invasion von fliegenden Fremden hatte er ohnehin nie geglaubt.

»Ich schick die Kleine sofort, Chef«, murmelte er, dann verließ auch er hastig die renovierte Wirtsstube aus Vorkriegszeiten.

Jari fand Chenoa wie üblich am Bach. Die blonde Frau mit dem Touch einer Urwaldbewohnerin reizte ihn von Tag zu Tag mehr. Sein Chef hatte das Mädchen eigentlich gar nicht verdient. Aber die Anweisung an die Frontmänner des Müllerlandes vor nicht allzu langer

Zeit war klar gewesen: Eine blutjunge, bildhübsche, unkomplizierte Frau für den Chef zu finden, der das Singleleben satt hatte. Und er hatte sie aufgespürt, unten am Fluss. Aus diesem Grund würde ihm ein bisschen Vergnügen mit dem weiblichen Wesen zustehen, so seine Meinung.

»Hey Chenoa, du sollst dann zum Müller kommen«, säuselte er ihr zu und trat ganz nah an sie heran. Der Schatten seiner Gestalt bedeckte die blonde Frau dabei komplett. »Ich habe aber auch gute Nachrichten. Wir beiden brechen morgen bei Tagesanbruch in den Wald auf. Dann kannst du mir die Pflanzen sammeln, die meinen Magen heilen. Der Chef wird nichts davon erfahren.« Konspirativ hielt er sich den Zeigefinger an die Lippen. »Na? Was sagst du dazu? Das wird sicher klasse mit uns beiden.«

Die Blonde schaute zu ihm auf und lächelte. Jaroslav spürte Wärme zwischen seinen Beinen. Er konnte es gar nicht mehr erwarten, mit ihr loszumarschieren. Dann nickte sie und sagte: »Das hört sich doch gut an. Da komm ich gern mit.« Gleich darauf zwinkerte sie ihm zu. »Aber dazu benötige ich meinen Rucksack, Jari. Weißt du, wo Müller den versteckt hat?«

Pawliczek runzelte die Stirn.

»Aber für was brauchst du denn einen Rucksack? Wenn ich dir den verschaffe, kriegt Müller vielleicht Wind von unserem kleinen Ausflug. Das willst du doch nicht, oder?«

Das Mädchen schaute ihn unschuldig an. Er erkannte keinerlei Arglist in ihrem Blick, und er hatte verdammt gute Augen. »Ich hab mehrere Glasflaschen in meinem Gepäck. Die Blätter, die ich für dich benötige, muss man für ein paar Minuten in Wasser einweichen. Du kannst sie nicht einfach so kauen.«

Jaroslav kratzte sich an der Wange, um zu überlegen. Schließlich erwiderte er: »Und wenn wir einen Eimer mitnehmen? Geht das auch? Glasflaschen haben wir hier nicht, es sei denn Müllers Privatsammlung verfügt darüber. Aber da komm ich nicht ran.«

»Nein, es sind kleine Flaschen, die ich brauche. Im Rucksack sind welche. Sonst stimmt womöglich die Menge des Wassers nicht und das Zeugs ist unwirksam«, log die Blonde überzeugend. »Außerdem nehme ich dann gleich einen großen Vorrat an Blättern mit hierher, damit wir in Zukunft auch was davon haben. Die muss ich ja irgendwie transportieren«, setzte sie hinzu.

Seufzend kam die Antwort des Hünen: »Okay, ich riskiere das. Kein Sterbenswörtchen zum Chef, Kleines. Ansonsten kriegen wir beide große Probleme. Müller kann da extrem eklig werden.« Einen Moment zögerte er, weiterzureden. Aber die Warnung musste er unbedingt verstärken, um ihr den gehörigen Respekt zu vermitteln. »Man munkelt, er habe während des Krieges seine eigenen Schwestern wie Sklavinnen gehalten und die seien daraufhin elend verreckt, weil sie sich gegen ihn auflehnten. Also nimm Müller ernst.«

»Das tue ich, keine Sorge. Ich nehm ihn verdammt ernst«, antwortete die Blonde und damit stieg Jaris Vorfreude ins Unermessliche. Nun musste er nur noch das Gepäck von Chenoa heimlich aus Müllers Privatgemächer stehlen. Aber das sollte kein Problem darstellen. Der Chef hielt des Öfteren mal ein Nickerchen am helllichten Tag.

Die Sonne war noch nicht aufgegangen, als Chenoa den grobschlächtigen Jaroslav am Bach traf. Sie hatte in dieser Nacht keine einzige Minute geschlafen und das röhrende Schnarchen von Müller noch im Ohr. Wenn sie es geschickt anstellte, wäre heute der Tag, an dem sie fliehen konnte. Die Gier, eine Frau zu begatten, stand dem Frontmann ins Gesicht geschrieben. Das musste sie ausnutzen. Er trat von einem Fuß auf den anderen, unsicher, und scannte das noch schlafende Lager pausenlos. Aber … er hatte ihren Rucksack dabei. Schauder der Erleichterung durchfluteten sie, auch wenn das, was sie vorhatte, nicht gerade schön werden würde. Leise näherte sie sich ihm, deutete mit dem Finger in Richtung Osten und öffnete kurz den Rucksack, um zu überprüfen, ob die nötigen Utensilien noch darin steckten. Sofort atmete sie auf. Eine leere und zwei gefüllte Glasflaschen klirrten leise aneinander. Sogar ihr Erbstück, das Jagdmesser, befand sich im Gepäck. Müller war sich seiner Sache etwas zu sicher gewesen. Er hatte sie niemals ernst genommen – was für ein Glück. Sie nahm die leere Glasflasche heraus und füllte sie am Bach halbvoll mit Wasser. Dann verstaute sie das wertvolle Glas wieder.

Chenoa führte Jari rasch und weit nach Osten, tief in die Wälder auf dem Hügel zwischen den beiden Kleinstädten. Inzwischen drängte flirrendes Morgenlicht durch die Wipfel der Bäume. Mit einem Mal stoppte der große Mann und schnaufte tief durch. Schweiß stand auf seiner Stirn, und er presste die Hand auf den Magen.

»Hast du immer noch nicht die richtigen Pflanzen gefunden, Schätzchen? Wie weit willst du denn noch latschen. Irgendwann wird Müller misstrauisch werden,
wenn er dich nirgends findet.«

Routiniert lächelte sie ihn an. »Soweit ich mich erinnern kann, wächst das Zeugs in Höhenlagen. Sei nicht
so ungeduldig, noch ein kleines Stück, Jari. Dann bist
du schnell deine Schmerzen los und wir zwei haben Zeit
füreinander.« Sie lächelte ihn dabei gespielt lasziv an.
Aber ihre Unruhe stieg. Würde er den Bluff bemerken?

Sie ging weiter und ihre Augen scannten Sträucher,
Büsche, Pflanzen. Nach einer kurzen Strecke stoppte
sie und griff mit beiden Händen in einen Himbeerbusch, dessen Blätter knallig grün leuchteten.

»Da, endlich, das sind die Pflanzen, die ich suche.
Jetzt kann ich dir eine Medizin brauen.«

Ohne auf Jaris Reaktion zu warten, ließ sie den
Rucksack von den Schultern gleiten, entnahm ihm die
Glasflasche mit dem Wasser und stopfte eine Handvoll
der Himbeerblätter hinein. Dann schüttelte sie anmutig
das Fläschchen kräftig durch, verkorkte es und ließ es
wieder in den Rucksack gleiten. »Wenn ich es richtig
gemacht habe, dann färbt sich das Wasser innerhalb
von wenigen Sekunden dunkel«, log sie mit süßer
Stimme und hoffte inständig, dass der Mann, der sie
lauernd beobachtete, auf einen derartigen Unsinn hereinfiel. Himbeerblätter würden ihm tatsächlich helfen,
aber sie färbten kein Wasser. Nur … Chenoa wollte ihm
nicht helfen.

Jari brummte zustimmend. Man konnte ihm ansehen, dass er Schmerzen hatte und sich gern ins weiche
Moos legen würde, mit der Frau, die ihm angeblich Medizin herstellte. Diesen Zustand wusste Chenoa zu

nutzen. Auch wenn es ihr unendlich viel Überwindung kostete, trat sie zu ihm und schlang ihre Arme um den schwitzenden Hünen, der sie sofort zu entkleiden versuchte. Atemlos küsste er sie, rammte ihr die Zunge in den Gaumen, zerrte an ihren Hosen und sank mit ihr zu Boden. Bevor er sich des eigenen Beinkleids entledigen und in sie eindringen konnte, hauchte sie ihm ins Ohr: »Warte, Jari, deine Medizin müsste fertig sein. Komm, trink jetzt einen kräftigen Schluck oder am besten gleich das Fläschchen aus.« Sie gurrte lüstern. »Ohne Schmerzen im Bauch hast du mehr Freude mit mir!«

Jaroslav fiel darauf herein. Er hielt inne und ließ sich von Chenoa ein Fläschchen mit dunkler Flüssigkeit reichen. Er grinste, als er es öffnete und den kompletten Inhalt gutgläubig in seine Gurgel entleerte.

»Bald wird es besser, Jari. Bald wirst du ein warmes, tröstendes Gefühl verspüren, das dir alle Sorgen nimmt«, hauchte Chenoa in sein Ohr. Sie nahm ihn in die Arme und erwiderte verhalten seine bitteren, nach Tollkirsche schmeckenden Küsse, bis sie immer träger wurden und schließlich aufhörten. Der Hüne dämmerte sehr schnell weg. Er hatte eine Überdosis des tödlichen Saftes geschluckt.

Erst als die Zuckungen und Krämpfe einsetzten, schälte sie sich aus seinen Armen, richtete ihre Klamotten und entnahm ihrem Rucksack die Flasche Wasser mit den Blättern. Sie spülte ihren Rachen, um das Restgift, das in ihrer Mundschleimhaut das Herz zum Pochen brachte, schnell zu verdünnen.

Ein Vogel begann hoch oben in den Wipfeln sein Liedchen zu trällern. Die Sonne schien bereits kräftig. Ein wunderschöner Sommertag stand bevor und

Chenoa marschierte los. Sie würde vorerst nicht allein bis zum großen Fluss marschieren, es musste eine andere Lösung her. Erleichterung ließ die Last der letzten Tage wie einen Stein aus ihrer Seele plumpsen. Bis zum Abend hätte sie die geliebte Siedlung im Urwald erreicht und dann würde sie zusammen mit ihren Leuten erneut überlegen, wie man die Siedler am Fluss erreichen könnte. Die Samen, die duftende orangefarbenen Wurzeln hervorbrachten, wollte sie unbedingt haben. Aber jetzt war sie erst einmal frei wie der Vogel, der im Sonnenschein sang. Auf ihrem Rücken befand sich der Rucksack und an ihrer rechten Schulter baumelte Jaris Schusswaffe. Chenoa begann, das Zwitschern nachzuahmen, während sie festen Schrittes voranschritt. Und dann antworteten ihr hundert weitere gefiederte Freunde im immer dichter werdenden Urwald – ihrer neuen Heimat.

KINDER DER BOMBE
Generation der Überlebenden

Kinder der Bombe ist eine Endzeit-Saga, deren Geschichte im Jahr 2050 beginnt, 25 Jahre nach dem großen Krieg im Jahre 2025. Nachdem die Welt im atomaren Feuer brannte und im darauffolgenden nuklearen Winter in Dunkelheit und Kälte versank, gelang es auf der ganzen Welt nur wenigen Menschen, dies zu überstehen.

Die Reihe erzählt die Geschichten einzelner Personen und Gruppen, wie diese das Leben in dieser post-apokalyptischen Welt erleben und meistern. Dabei lebt diese Welt in den Geschichten verschiedener Autorinnen und Autoren auf, die diese Stück für Stück ergänzen.

Weitere Informationen finden Sie auf unserem Onlineportal unter:

www.twilightline.com/kinder-der-bombe